GOBOOKS & SITAK GROUP ©

GOBOOKS & SITAK GROUP©

三日月書版

三日月書版

「無威脅群體庇護協會」
Unthreatening Creature Protection Association
volume 2
matthia 著
hinayuri 繪
三日月書版
BL056

Unthreatening Creature
Protection Association

無威脅群體庇護協會

Unthreatening Creature Protection Association

Contents

德維爾．克拉斯

Unthreatening Creature Protection Association
Character : Deville Coraci

「Profile」

性別：男性

職稱：「無威脅群體庇護協會」救助部門－調解員

擁有「真知者之眼」的神祕人類。

約翰·
洛克蘭迪
Unthreatening Creature Protection Association
Character : John Lockland
Profile
性別：男性
職稱：「無威脅群體庇護協會」救助部門－調解員
備註：克拉斯的搭檔
個性溫和勇敢的平凡血族。

Unthreatening Creature Protection Association

Chapter 10

地堡監獄

約翰和克拉斯的臨時差事只需要做一、兩個月，等獵魔人派來正式守衛，他們就可以離開了。

「地堡」裡關著的東西來自各地。針對怪物的監獄很少，也都很隱祕，通常平均每個國家都不見得能有一座。這裡的管理制度比起監獄更像醫院，就像每個醫生和護士都有自己負責的床位一樣，「地堡」的每個人都有自己負責的轄區，所以警衛數量不能有空缺，畢竟犯人們不是靠槍械就能壓制住的。

聽說卡蘿琳對「地堡」特別感興趣，但協會不讓她去。雖然犯人中有看似女性的生物，但並沒有真正的「女人」，根本不需要女性人類警衛照顧。所以，監區警衛全部都是男性，連個女性盥洗室都沒有。

載克拉斯和約翰的司機一路上不停講述「地堡」的奇聞軼事，比如八腳人的每條腿都骨折了、狼人和野豬人打架、巫師在監獄裡幫大家算命、十公分高的微型人因為長胖而被卡在倉鼠屋裡……

「為什麼十公分的生物也會犯罪？他犯了什麼罪？」約翰在有遮光玻璃的後座問道。

「偷竊貴重首飾，他們最擅長做這種事啦！」司機回頭看了他一眼，「地堡裡有不少你的同族，有的是警衛，有的是犯人，你不用擔心會寂寞。」

下午，車子開過幾個還在開發中的空地，繞過丘陵，鑽進隧道。他們並沒開向山的另一邊，而是駛進岔路，經過第一次確認身分的崗哨，駛向地堡。道路像迷宮一樣，恐怕比地下鐵線路還要複雜很多，而且設有層層崗哨。橢圓形的大隧洞裡有寬闊的停車場，司機只送他們到這裡，盡頭的金屬壁障後就是「地堡」了。

怪物監獄有很多道門，每一道門都有法術符印並設有警衛。典獄長在第三道門後的接待室等他們。

他們事先知道典獄長叫「羅素」，似乎不是真名。這裡所有警衛的名字都是隨便取的，國際獵魔人組織裡很少有人直接使用本名。

「地堡」的警衛個個都像訓練有素的大型犬，和協會工作人員閒散的氣質天差地遠，可是到典獄長這裡就不一樣了。接待室裡的這個人，看起來實在是……沒有一點典獄長或獵魔人的氣質。

還沒走近，他們就聞到了咖啡的香氣。羅素先生在接待室裡煮好了咖啡，坐在桌子最裡面，正在用冰袋敷額頭。

典獄長穿著鬆垮又皺巴巴的西裝，個子瘦小，手腕細得和女孩差不多，整個身形都像是還沒長大的未成年人。不過如果仔細看就知道，他僅僅是瘦小而已，其實並不年輕，甚至比同齡男人還憔悴許多。

他一手扶著冰袋，一手按著肚子，斜眼看了看走進門的兩人，有氣無力地說：「請坐……」

跟著他們的警衛說：「羅素先生，需要我幫您拿胃藥嗎？」

羅素虛弱地揮了揮手，警衛點點頭離開。

克拉斯和約翰向羅素自我介紹，和他握手，他的手一點力氣也沒有。

「羅素先生，原諒我的冒昧，您受傷了嗎？」克拉斯看著他頭上的腫塊。

羅素長嘆一口氣：「我的睡眠品質不好，有點神經衰弱，白天沒力氣，在樓梯上跌了一跤。」他看起來像孱弱到隨時都能碎成一塊塊，和人們印象中「典獄長」的形象相距甚遠。

送胃藥的警衛回來了。羅素吃了藥就繼續唉聲嘆氣地靠在一邊捂著肚子，年輕的警衛坐下來，替典獄長交代工作事項。

「關於地堡的一切，兩位在來之前應該已經瞭解了吧？這方面我不用再多交代什麼了。你們不用太擔心，『監區不能缺少警衛』是獵魔人組織的規章制度，所以我們必須借調兩位過來。實際上，我們應付得來，並不需要你們從事危險的工作。『地堡』的警衛足夠強壯，這裡不會輕易出事。」

約翰邊聽邊默默在心裡說：通常電影裡越這麼自信就越容易出事！關著異形的實驗室還覺得玻璃防護罩肯定很安全呢！

警衛接著說：「我們會把你們安排在極端暴力分子比較少的區域，很多只是經濟犯罪或偷竊什麼的，並不危險。畢竟，兩位看上去都很……呃，恕我直言，很文弱。」

約翰和克拉斯頗為默契。他們短暫地對視了一下，同時看向半掛在椅子上的典獄長……恐怕「地堡」裡沒有比他更文弱的生物了。

「另外，有一件事需要兩位知道。」警衛非常嚴肅，雙手交握著撐在桌前，「今天夜間，會有一位新的犯人被送進『地堡』。這個人比較特殊，他曾經是獵人，因為過於暴力、種族歧視、不知悔改地傷及無辜等問題而被拘捕，淪為囚犯。你們應該能明白，因為他是獵人，所以監區裡的怪物們不會喜歡他。」

「我懂。」約翰了然地點頭，「犯罪的前警察一旦入獄就會被犯人欺侮，很多小說和電影都有這種情節。」

「是的，儘管很危險，但照規矩他必須服刑。我們會稍微留意他，希望你們也可以在必要時幫助他。」

「地堡」和人類監獄不同，這裡的監區設置十分奇特。和人類體型相差不大的生物住在最普通的牢房，兩人一間或四人一間，就和普通監獄一樣；體型太大的生物住在特殊牢房，基本上是一人一間；還有一些小體型生物，或體型不定的生物（比如膠質人），被放在一個個寵物外出籠般的東西裡，在大房間裡擺得滿屋都是。

警衛宿舍在第四道門和第三道門之間，雙人房，房間很像船艙，門扉很厚，可以用粗門栓從內部鎖死。據說門的防火內芯和牆壁中間都填充了魔法藥材和銀粉，用以加固防護。

「這裡好像沒有特別危險的生物啊。」宿舍裡，約翰看著手裡的分區示意圖，「變形怪、狼人和血族好像是最危險的了，還有一些是邪惡的人類巫師什麼的……」

克拉斯正在打開行李箱，把帶來的一堆施法用具整理好。「你知道為什麼嗎？因為過於危險的東西早就被殺掉了，哪有機會在監獄裡傷人？」

約翰恍然大悟。在人類社會中，有很多國家和地區廢除了死刑，所以窮凶極惡的暴徒會在監獄裡繼續發洩他們過剩的犯罪欲望。而怪物的世界不同，一些生物會被當場處決，能力太強大的則根本不會被抓住。只有罪不至死、且栽在獵人手裡的，才有可能獲得服刑懺悔的機會。

「但願我們負責的區域沒有膠質人。」克拉斯嘆著氣，「我一點都不想見到西麥夫婦。約翰，我們出去走走吧？」

「出去？」

「和警衛長打個招呼，多認識點朋友什麼的。這種地下房間沒有窗戶，我有點不舒服。」

約翰想起了克拉斯的幽閉恐懼症：「你沒事吧？這些房間好像都很狹小，你不該同意過來的。」

「沒關係，房間還不至於狹窄到讓我呼吸不暢，只是心理上覺得不太舒服。如果工作一天累得要命，回來倒頭就睡，我可能就不會有難受的機會了。」

離開宿舍，沿著走廊能逐漸聽到一陣陣喧鬧，那邊是警衛們的娛樂室。

「地堡」的警衛宿舍區域有數間娛樂室，只有娛樂室才有網路訊號，連宿舍裡都沒有。在這一間裡，有的警衛在看影片，也有幾個坐在沙發上低頭玩手機。娛樂室角落裡，五、六個高大健壯的年輕人圍攏在桌前，全神貫注地聽其中一個人說話。

「然後，你們看到一個螺旋形的樓梯，接下來你們要怎麼行動？」金髮年輕人說。

約翰和克拉斯看過這個人的照片，他叫「富豪」，據說……是個狼人，也不知道為什麼他會用汽車廠牌當作名字。他將是約翰和克拉斯的臨時上司。

現在還沒到輪班時間，他似乎在和其他人玩遊戲。警衛們七嘴八舌地說什麼「我要搜索前進」或「所以我看到魔法靈光了嗎」之類的。

約翰小聲問克拉斯：「他們在幹什麼？」

「在玩一種桌上型角色扮演遊戲。你看，富豪準備暗算他們了。」

克拉斯剛說完，富豪興奮地喊道：「這時你們腳下一陣顫抖，螺旋的樓梯開始從中間粉碎了！你們有一輪時間決定動作！」

「我要使用飛行術！」一個警衛說。

「樓梯在顫動，所以先骰專注！」

「我聽不懂他們在幹什麼。」約翰又小聲說。

「我也不是特別懂，反正是一種扮演遊戲，可以去冒險、拯救王國、打敗怪物什麼的。」

「難道他們平時見到的怪物還不夠多嗎？」

過了十幾分鐘，吵鬧的警衛們暫時休息，站起來去倒咖啡或上廁所。富豪從豎在桌上的硬紙擋板後抬起頭，雙眼發亮，「嗨！你們一定是約翰·洛克蘭迪和德維爾·克拉斯！」

其他警衛紛紛圍攏過來。獵魔人組織的成員大多是年輕強壯的男人，而這裡的警衛就更需要身心健康的人來擔任。他們都很高大，身材厚實，緊身圓領T恤勾勒出膨脹的肌肉線條。當這些人聚攏在一起時，會給人一種強烈的壓迫感。

富豪擠進來，熱情地張開雙臂，給約翰和克拉斯一人一個擁抱。他的愉快神情讓約翰想起了支系犬，可是狼人的基底生物明明是人類，不該有犬科的習性。

「我是這一區的警衛長富豪，歡迎你們來幫忙。你一定是約翰吧，聽說你是吸血鬼？」富豪十分直白地問——對著克拉斯。

克拉斯攤開手對著約翰，「我的同伴才是，我是克拉斯。」

富豪驚訝地打量著他們，「喔，很抱歉，因為你看起來更像吸血鬼。你是黑髮，比較瘦，穿著襯衫西裝褲；而這位，這位才是約翰？他穿的是夾克和牛仔褲啊，我一時沒想到……」

「你對吸血鬼到底有什麼誤解？」約翰從未想過狼人會這麼開朗，他本來還覺得對方一定很陰沉暴戾呢。

富豪撇撇嘴，「就是電影裡那樣，穿襯衫，頭髮比較整齊，氣質優雅……我不是說你不優雅。我還以為吸血鬼的眼神會更飄渺一點、憂愁一點，對女孩特別有吸引力……」

「是不是在陽光下還會閃閃發光？」

「哈哈哈！是啊！」富豪大笑著拍了一把約翰的肩膀，旁觀的克拉斯暗暗慶幸自己是人類，不用被他拍得如此熱情。

「我確實孤陋寡聞了。」富豪一把勾住約翰的脖子，「那些電影還說狼人會愛上嬰兒呢，我才不會。這就對了，他們描述的狼人是錯的，描述的吸血鬼也不會太正確……」

約翰求助地望著克拉斯，克拉斯回饋給他一個愛莫能助的眼神。

因為，此時克拉斯正被另外幾個警衛團團圍住，耳邊全是「你真的是那個藍鬍子克拉斯嗎」、「你寫的獵人蕾拉真棒，她是我最愛的女人」、「聽說你徹底復活了一隻蜥蜴」等等問題。

約翰聯想到一個略有些可愛的畫面：克拉斯站在警衛之中的樣子，簡直像被雪橇犬圍著嗅來嗅去的貓。

「嘿，約翰，」富豪又用力拍了拍他的肩膀，把他的注意力拉了回來，「我一點都不歧視你，所以你別有心理負擔。」

「我為什麼會有心理負擔……」

「因為你是吸血鬼啊，你難道不害怕我嗎？雖然剛才我還以為他才是吸血鬼……」富豪看了一眼克拉斯，「別擔心，我知道你們協會的人不喜歡在這裡工作，我們會保護你們的。」

桌子上的小鬧鐘響了起來，到了這一班警衛交接的時間。約翰和克拉斯被他們簇擁著離開娛樂室，大家七嘴八舌地介紹著他們將負責的區域，以及日常的作息與交接時間。

「地堡」畢竟不是真正的監獄，守衛們的制服一點都不整齊，有的人穿外套，有的人不穿，還有人穿著運動褲和拖鞋走來走去。

約翰和克拉斯沒有制服，只有徽章和磁卡，他們和正式警衛最大的區別不是服裝，而是神色。大男孩守衛們昂首挺胸，現在看起來充滿強硬氣質，而約翰和克拉斯總是東張西望，滿臉的憂心忡忡。

「那是個貓女？」約翰小聲問，「他們怎麼把她和那大個子關在一起？」

克拉斯在他耳邊說：「他們是『潛行獸』，那兩隻是同一個種族，像『貓女』的是成年形態，個子高的那個還差一、兩年才能成年，還沒脫皮。」

「他不是女人？」

「這個地方沒有女『人』，潛行獸沒有性別之分。」

途經某間牢房時，室內傳來低沉的男聲：「警衛，我聽說那個心理變態的傢伙要來這裡了？」

這間牢房有雙重護欄，內層是雕飾咒紋的普通金屬，外層是具有祕銀塗層的三稜尖銳柱體。骨節分明的手指輕輕攀住欄杆，一個棕色長捲髮、下巴上毛髮茂密的男人正向外張望著。

富豪停下腳步，看了他片刻，「這和你有關係嗎？」

「有關係啊，」男人咯咯笑起來，「我非常期待見到他。相信我，長官，我不會為難他的，我只是想和他敘舊。」

牢房裡傳來窸窸窣窣的交談聲。富豪揮揮手，叫警衛們各自工作，不要理睬他們。

「我帶你們繼續逛逛，然後就回到自己的崗位。」離開這個監區時，富豪對約翰和克拉斯說，「剛才那個是海頓，我的同族。小心點，他很狡猾，在犯人中有一定的影響力。」

「『心理變態』又是指誰？」約翰問。

「是今晚將被送到『地堡』的犯人。我們都叫他『浮木』，他曾經是獵人。我猜，典獄長應該和你們提過了？」

「你們不調查他的本名是什麼嗎？」

「也許有人調查吧。在獵人的世界裡，這不重要，只要抓到的是他本人就行了。」富豪拍拍約翰的背，推著他走過一扇門的轉角。約翰努力回過頭，他更習慣和克拉斯一起行動、肩並肩走路、低聲偷偷交換意見什麼的，他不願意把克拉斯一個人丟在那群陌生的獵人警衛裡面。可是，他又不能直接推開熱情的狼人警衛長。

克拉斯剛要跟過去，身後的一間牢房傳來微弱的聲音：「麥克先生，傑尼先生……典獄長的皮疹還沒好嗎？」

聲音聽起來尖細而怯懦，是個女孩的嗓音。克拉斯看向牢房，一個看上去不到二十歲的「少女」倚在牆邊，她的淺色金髮長及至腳踝，身材嬌小，穿著露出雙肩的白色吊帶長裙。她瘦削的鎖骨上嵌著兩對橢圓形紅寶石，鎖骨凸起處分別有兩個，位於肩頭的末端還有兩個，寶石深處是黑色的內核。

守衛們應聲回過頭，被稱為傑尼的年輕人嘆口氣：「他的皮疹是好了，但胃炎又開始了。」

「他什麼時候會好？我的翅膀好痛，只有他能治療我。」

「羅素先生說願意幫助妳。可是他對妳過敏，皮疹還算輕微的呢。他必須暫時休息幾天。」

克拉斯靠近牢房：「請轉過去，我看看妳的翅膀，也許我能幫助妳。」

她點點頭，轉過身去。潔白的雙翼收攏在她身後，白羽毛穿過金色瀑布般的頭髮。她看上去就像宗教畫裡的天使。

「地堡」森嚴但卻簡陋。這裡沒有醫生，因為犯「人」們很少會生病。就算有人鬥毆受傷，警衛都是獵人出身，只是處理傷口什麼的他們完全應付得來。真有囚犯罹患疾病時，能充當醫生的只有典獄長羅素。獵魔人組織極度缺乏施法者，他們擅長槍械和格鬥，卻不太懂藥劑、法術之類。

克拉斯檢查過「少女」的翅膀，就去幫她準備了敷貼用的藥劑，還要配合一些人類用的消炎藥。他忙了一整個晚上，往返於警衛辦公室和監區。而約翰則被富豪帶著進行巡查，交流管理的祕訣，他一整個晚上都沒見到克拉斯。

在囚犯的熄燈時間前，約翰像普通警衛一樣，逐一檢查負責區域裡的囚犯是否都在床上。在一間單獨牢房門前，他終於找到了克拉斯。

克拉斯正在和金髮少女說話，和聲細語地交代著什麼。少女低著頭，背後的一對白羽翼微微顫抖著。

約翰驚呆了，這囚犯根本是個天使。她的目光有些呆滯，身體幾乎貼在欄杆上，恨不得距離克拉斯近一點，當克拉斯想走開時，她叫住了他：「等一等……這個送給您。」

她從腳邊撿起一根羽毛遞過去，依舊低著頭，一副含情脈脈的樣子。克拉斯對她微笑，接過了白羽毛，羽毛在微黃的燈光下呈現出溫暖的色澤。

「謝謝妳。」克拉斯把羽毛插在襯衫口袋裡，輕輕握了一下少女纖細的手，「這很珍貴，我會好好珍藏的。」

克拉斯接近走廊轉角，約翰向前跨了一步，從陰影裡出現。

「約翰？」克拉斯呼了一口氣，「你嚇了我一跳，這裡燈光本來就很暗。」

約翰回頭看了看，金髮少女仍隔著欄杆望向這邊。

「她是個……什麼？」

「天蛾人。」

「你不該對囚犯這麼好的。」約翰脫口而出。剛說完他就後悔了，自己的語氣簡直像嫉妒媽媽幫妹妹買新衣服的小女孩。

顯然，克拉斯也不明白他為什麼會突然這麼說。

「她生病了。」克拉斯說，「羅素先生以前幫她診斷過，可是羅素先生過敏，一靠近她就不舒服……」

「抱歉，呃，我的意思是，我怕這些囚犯會有危險。」約翰解釋著，「剛才我和富豪檢查了一些牢房，還遇到有兩個傢伙在洗衣房打架……這些生物真的很危險。你離她那麼近，我怕她會攻擊你。」

「那麼你為什麼不直接走過來，而要躲在這裡看？」克拉斯笑著問。約翰微張著嘴，眼神飄來飄去，他自己都不知道答案。

克拉斯拍拍他的肩：「走吧，我們的值守位置不在這裡。」

接近午夜時，一輛封閉型運輸車開進停車場，四個獵魔人押著新的囚犯通過「地堡」的一道道門，把囚犯交給警衛。

名叫「浮木」的囚犯頭戴布袋，身形普通，不像是太危險的那種人。進行隨身物品檢查時，典獄長羅素親自來見他。

羅素扯掉他頭上的布袋。浮木還很年輕，二十歲出頭，除了皮膚曬得有些發紅外，看上去就是隨處可見的普通年輕人。唯一令人印象深刻的是他的眼神，很疲憊，卻又帶著隱約的瘋狂。

「我是『地堡』的典獄長……」羅素扶著桌角，旁邊的警衛紛紛交換眼神，他們都覺得典獄長隨時可能摔倒，「如果可能的話，我們誰都不願意關押一個獵人……咳咳！」他邊說邊不停咳嗽，「但是，這是組織的規矩，沒有規矩是不行的……啊！血！」

羅素腿軟地後退幾步，身形搖晃，他身邊的兩個警衛及時攙扶住他。他看著手帕上的血，整個身體都軟綿綿地往下沉。

「羅素先生，您流鼻血了。」一個警衛提醒他。羅素摸了摸自己的鼻子，確實如此，他安心不少，努力站直身體。

浮木平靜地看著他，像個極為有禮貌的士兵，絕不打斷長官說話。

「繼續剛才的話題。」羅素仰著臉，讓警衛把冰袋按在他的鼻子上，「浮木先生，不用我說您也知道，世界各地都有憎恨著您的怪物。『地堡』的囚徒們相對來說很老實，我們也會在合理的範圍內照顧您，您可以放心。但是，如果您主動挑起爭端，我們也不會……咳咳咳！也不會姑息縱容您……」

「是的，先生。」浮木輕聲說。他的聲音有些沙啞，和眼神一樣充滿疲憊。

「我現在要對您用幾個法術，這是必要的檢查，請放鬆。」羅素說。他叫警衛扶著他靠近，並從衣服口袋裡掏出一個香料瓶。

「啊，天哪，我的手指好痛……」瘦弱的典獄長顫抖著，「等休假時我必須去醫院了，萬一是風溼病該怎麼辦？」

「羅素先生，您怎麼了？」警衛問。

典獄長嘆口氣：「叫德維爾．克拉斯先生過來。我的手指又冷又痛，要讓他幫忙了。」

警衛去叫人時，克拉斯、約翰以及富豪正蹲在地上，狼人富豪在教他們玩一種叫「狼人」的桌遊。他們剛要離開，監區深處的牢房傳來興奮的大叫：「是浮木來了嗎？我迫不及待地想見他！他一定也想見我！」

「是海頓，別理他。」警衛長低聲說。

狼人海頓不停喊著浮木，嘴裡冒出成串的低俗詞句，直到其他警衛忍無可忍敲著欄杆喝止他。

浮木沒有抵抗法術，還禮貌地對羅素和克拉斯說「謝謝」。這期間，他一直盯著約翰和富豪。這房間裡只有約翰和富豪不是人類：一個吸血鬼和一個狼人。

所有人都看得出來浮木眼中濃重的敵意。

據說浮木原本是個優秀的獵魔人，但他對黑暗生物有著超出合理範圍的惡意和衝動。

他很難和別人配合，在工作中不顧搭檔或無辜人員的安全，最終因衝動行為造成了很大的損失。

富豪戳了戳約翰的腰，小聲在他耳邊說：「我聽說，這個獵人的最後一件案子和吸血鬼有關，你小心點，我覺得他會找你的麻煩。」

「我以為通常應該是獄警找犯人的麻煩？」約翰反問。

「也許吧。但你是個柔弱的吸血鬼，你的搭檔則是個更加脆弱的人類施法者，你們應付不了這種人的。不過有我在，你們兩個可以放心。」

約翰很想再問一次「你對吸血鬼到底有什麼誤解……」，不過他忍住了。富豪的熱情以及其他警衛眼中的自信都是非常真實的，他們也許有點高傲，但並沒有惡意。約翰在別的地方也見過這種高傲的關心，比如休假中的警察和普通人一起遇到麻煩時，也會表現出這種源於保護欲的高傲。

還有更切身的例子——約翰自己對克拉斯也多少有這種感覺。他不願讓克拉斯過度接觸這裡的怪物囚犯，生怕克拉斯因此受傷，但只要仔細想想就知道，克拉斯面對怪物的經驗比他豐富許多。

浮木被押送到另一塊轄區，不歸富豪警衛長管。他們故意避免讓浮木和狼人海頓相遇。不過警衛們覺得這兩人早晚會遇到的，勞動時間（這裡的勞動時間是洗他們自己的衣服或在廚房幫忙，其實很輕鬆）、自由活動時間（膠質人會被放在特製外出籠裡，由警衛拎著放風），還有每天兩次的吃飯時間。早餐除外，早餐是包裝麵包，會被直接送進牢房。

怪物的監獄裡很少出現因鬥毆導致囚犯死亡的事件，因為一旦發生了，肇事者通常會被直接處死。蹲牢房的怪物通常懂得避免做危險的事。

不過，他們仍有可能會彼此折磨。怪物們懂得極限在哪裡，像海頓那樣在獄中有一定地位的囚犯就更加擅長規避風險。

約翰的換班時間比克拉斯晚兩個小時，當他回到宿舍時，克拉斯已經睡著了。

由於「地堡」在深深的地下，房間沒有窗戶，一旦關燈就會完全漆黑。人類睡眠需要黑暗，但通常不喜歡沒有一絲光線的環境，所以盥洗室裡開著燈，並留出一條門縫，細細的光線投在克拉斯腳下的地板上。

「睡得太熟了吧，門也沒關好，如果進來的不是我呢？」約翰想著，走進去把門關好。

天蛾人的羽毛被插在一本書裡當作書簽。約翰悄悄拿起書，翻開插著羽毛的那一頁，血族的眼睛即使在黑暗中也照樣可以閱讀。這是克拉斯從羅素先生那裡借來的名錄，裡面記錄了「地堡」中關押的大多數生物，描述並不算太細緻，只能算是基本概念。

精靈裔巫師、狼人、吸血鬼、半羊人、人間種惡魔、變形怪……羽毛插在天蛾人那一頁，大多數描述約翰都看不太懂，只能看出這是一種幼年和成年期危害極大的生物，即便自己不帶惡意也會傷及人類。只有進入老年期的天蛾人是無害的，他們的性格穩定，形象也不再駭人。

也許那個天使一樣的少女是……老年？約翰忍不住輕笑起來。她怎麼看都不像老年人。

約翰草草翻完名錄，拿出手機，這裡沒有訊號，夜間娛樂室被鎖起來了，他連網路訊號都收不到。雖然血族也會在疲勞時休眠，卻不需要人類這樣的規律睡眠。現在他睡不著又無事可做，只能坐在床沿呆呆地看著對面的克拉斯。

克拉斯的身體均勻地起伏著，睡得很沉。約翰坐在黑暗中，從冰箱裡拿出一袋血液，邊慢慢喝邊胡思亂想，回憶自己身為人類時的心態。

他將自己代入人類的立場，然後得出結論——克拉斯竟然在充滿怪物的地下機構裡、在一個吸血鬼面前睡得這麼安穩，真是太不可思議了。約翰設身處地地想像，如果自己身在關著無數個卡蘿琳的地牢，房間內同時還住著一個浮木先生，別提睡眠了，他一定連眼睛都不敢眨。

克拉斯曾自願讓他吸血，還可以這麼毫無防備地睡著……約翰無意識地撫摸自己的嘴唇。

這是非常堅定的信任。約翰可以確定，哪怕是自己的父親和母親，他們至今也沒有贏得人類的信任到如此地步。

約翰放下血袋，把玩著手裡的羽毛，漫不經心地翻著怪物名錄——我和這些生物一樣，是人類之外的東西，他想。突然，有種不知名的酸澀感湧上心頭。

克拉斯是上司、搭檔，甚至可以說是恩師以及朋友。而我在他眼裡是什麼呢？是搭檔，這點毫無疑問，但除此之外呢？

他在黑暗中莫名開始思考：對克拉斯而言，我是約翰．洛克蘭迪，還是因救助而結識的一個同事？和名錄裡的怪物、協會將要幫助的目標差不多？

約翰把羽毛夾入書本，放回克拉斯的床頭。他第一次覺得夜晚是這麼無聊且漫長，他只能坐在這裡發呆，並且搞不明白自己為什麼會像人類青少年一樣在夜間多愁善感。

第二天，克拉斯醒得比約翰早。其實現在已經快要中午了，他們的值班時間都是在下午到晚上。

約翰睡覺的姿勢筆直得像一具屍體，實際上，他休眠的原理也確實類似屍體。克拉斯偷偷拍了不同角度的幾張照片。

約翰醒來時，毯子止遮著他的臉，他能聽到克拉斯走來走去的聲音。

「呃……早上好。」他掀開毯子，不記得自己是什麼時候睡著的，現在他有種自己在和克拉斯一起生活的錯覺。

「中午好，燈光太亮了嗎？我本來希望你再多休息一會的。」克拉斯正在刷牙。

「我不會被燈光照醒的，你不用遮著我的臉……」遮起來就更像屍體了。約翰坐了起來，發現鞋子也被脫掉了。

他剛想問，克拉斯就說：「我知道血族的休息不等於睡眠，你們不用換睡衣、蓋棉被什麼的，但是穿著鞋子睡覺看起來太奇怪了，我本來不想管，但怎麼看怎麼彆扭，最後還是沒忍住……」

「以前在家時我也會脫鞋。」約翰低下頭，不好意思地抓抓頭髮，「我是說父母家裡。我母親很注重生活品質，非要我們換睡衣不可。」

克拉斯吐掉漱口水，快速回到起居室。他嚴肅地站在正在繫鞋帶的約翰面前，嚴肅地開口：「約翰，我想和你商量一件事。」

「什麼？」約翰停下手上的動作。

克拉斯有點難堪地低下頭，「呃，因為你是血族，盥洗室基本都是我一個人用，除非你去洗臉什麼的……」

「是的，怎麼了？」

「你介意先去娛樂室嗎？比如找富豪玩桌遊，或者去娛樂室用網路。」

「富豪的人都是晚班，我不知道他起床了沒……怎麼了？」

「我想用盥洗室，」克拉斯的說法十分委婉，「你知道的，我討厭狹小的封閉空間。公共場所的盥洗室沒有這麼小，所以對我來說沒什麼問題，但是這裡的……」克拉斯有點臉紅，他還是堅持著說完，「我在家裡從不關門，但我現在有點……」

約翰快速繫好鞋帶站起來，「好的，我去洗個臉，然後立刻去娛樂室。你之後可以來找我。等會見。」

離開房間後，約翰不停感嘆著人類的不可思議。當初在採訪克拉斯前，他曾以為作家先生是個冷峻嚴肅的人，沒想到對方很溫和、很愛交談；而現在，他想起一句很常見的話：「如果不和別人共同生活，你永遠不會看到他真實的一面」。

剛才，約翰本來是想回答一句「我不介意，你去吧」，但他知道克拉斯會介意。

「有什麼好事嗎？」警衛長的聲音在走廊前面響起，「你怎麼一邊走路一邊笑？」

「我在笑？」約翰立刻控制自己的臉部表情。

「你的搭檔呢？」

「還在休息。」約翰粗略地回答。

「哦，也難怪。他有點單薄，昨晚一定累壞了吧？你們做到幾點？」

「什麼？沒有！怎麼會呢！」約翰驚訝地扭頭望著他。

富豪比他更驚訝，「你怎麼像隻吉娃娃一樣愛大驚小怪？你也知道，昨天你的搭檔在工作之餘還幫了羅素先生不少忙，會累也挺正常……而且，昨天換班的人遲到了，這些懶蟲。我是說，你們工作到幾點才回去的？」

約翰尷尬地應和著，再次默默為自己腦子裡的聯想而感到羞恥。

囚犯們自由活動的地方是個橢圓形的下沉廣場，高穹頂上有魔法符文防護，周圍一圈高出廣場的區域有警衛把守。它也有點像室內體育館，只不過觀眾席變成了警衛席，而且沒有那麼多座位而已。

約翰正和其他警衛監視著各自負責的犯人，富豪輕拍他的肩膀，「看那邊，他們來了。」

只見克拉斯攙扶著白翅膀的少女從廣場旁的小門走了出來。

「他們真像在舞會上跳舞……」約翰喃喃著。

「什麼?像跳舞?」富豪奇怪地看著他,「難道吸血鬼是那樣跳舞的嗎?你們的習俗?」

他指著克拉斯旁邊幾步遠——狼人海頓和三個跟班正大搖大擺地走過其他犯人身邊,享受他們敬畏的眼神。

「你剛才是說,讓我看海頓?」約翰這才反應過來。

「不然呢?」

狼人海頓留著很長的披肩捲髮,落腮鬍一直從耳際綿延到脖子上。同為狼人,他沒有富豪健壯,警衛長的身材非常符合文學作品中對狼人青年的描述,如果他不是獄警而是健身教練,也許會迷倒無數女孩甚至小伙子;相比之下,海頓就普通多了,雖然他也身材厚實,但遠沒有警衛們看起來硬朗堅毅。

跟在海頓身後的三個囚犯中,有兩個同是狼人,另一個是人類巫師。巫師是個矮小的中年人,有點跛腳,整天彎著腰跟在狼人身邊。他不肯說自己的名字,這裡的人就直接叫他「巫師」。

現在,巫師正在海頓耳邊悄悄說著什麼,警衛長富豪毫不懷疑那是關於浮木的事。海頓沒有回答巫師的話,只是張狂地笑了起來,周圍的犯人瑟縮著紛紛避開。

「你們就讓犯人隨便走動嗎?」約翰看到,有些怪物(他甚至分辨不出那是什麼生物)自由地走向牆邊的小門。

富豪說:「犯人的自由活動範圍有限,只有這個廣場和屬於犯人的娛樂室、圖書館,沒多少地方。而且，他們每個人都有追蹤晶片，由魔法材料製成，具體是什麼材料我也不懂，羅素先生知道。在辦公室，羅素先生能監視他們的動向，獵魔人組織也能監視每個晶片的位置。你能想像嗎？上面的人以資訊技術類公司的名義租用了衛星。」他停下，嘆口氣，淺色眼珠裡閃過一絲無奈。「其實警衛也一樣，我們能活動的地方也不大。」

不僅富豪，這裡的很多守衛都是狼人或曾經的獵人，他們現在和犯人一樣要長時間地留在「地堡」，唯一比囚犯好的是每幾個月有零星幾天休假。

「甚至……我們的體內也有定位晶片，」富豪苦笑著說，「當然，人類警衛沒有，狼人有。就像家養寵物耳朵上的那種一樣。」

「是羅素先生做的嗎？」

「當然不是他，他自己體內也有。」

「什麼？我還以為羅素是人類！」

「他是人類，但他也是巫師。」富豪指了指海頓身邊的巫師，「就像那個人一樣。」

「可是為什麼？你們不被信任？」

「是的，連我自己也不信任自己。」富豪看著約翰，「我真的不能保證……如果在外面，如果缺少了組織提供給我某些飲食——」他所指的大概是帶血的內臟，「——以及抑制過度食欲的藥物。假如沒有這些，將來的某一天也許我會失控，誰能保證這不會發生呢？難道你不擔心自己某一天會撕開誰的喉嚨嗎？」

「我……」約翰遠遠看著克拉斯，「我認為我不會。」

「是啊，你是吸血鬼。站在人類和其他所有生物的角度看，狼人比吸血鬼的危害要大。因為你們可以不留痕跡地襲擊、吸血，然後離開，你們的目標絕大多數仍能活下去。但如果我們放棄人性去狩獵，被我們襲擊的人必死無疑。」

聽富豪說到這個，約翰突然發現一件事：在西灣市的協會辦公區內真的沒有狼人，甚至他都沒聽說過有哪個獵人是狼人，反倒是有不少血族當獵人。

「休假時你們總是可以回家的。」約翰說。

「回家？不，這裡就是我們的家。對於獵魔人組織或普通人而言，我們是危險分子，在外面的世界，我們隨時可能變成海頓，或者變成浮木那樣。我在這裡不會無事可做，有無數紛雜的事情等著我，管理犯人也需要我的力氣。而在外面，我能做什麼？以一個狼人的身分？」

「你可以做很多事。」約翰只是隨口說說，其實他也沒想好狼人具體能做什麼，他又不瞭解狼人，「比如旅遊，比如……反正很多。你所做的已經相當不容易了，你留在這裡是因為你的能力，『地堡』需要你。換成我或者克拉斯，我們當不了好警衛。」

富豪笑起來的樣子像個大孩子。他再次用力拍了拍約翰的背：「你們協會的人是不是都這樣？」

「哪樣？」

「特別愛安慰別人。你對所有人類以外的生物都是這種態度嗎？」

富豪的提問，也正是約翰對克拉斯的疑惑。

「不，我是真的這麼想。」約翰說，「之前我還以為『地堡』有多糟糕呢，協會的人都不願意來。確實，這裡有點無聊，身為警衛卻總是做雜事，還有一堆怪物犯人……不過，能結交朋友也挺好的。」

富豪笑得更開心了。他拿出一根皮繩，繩上穿著枯骨色的尖牙。

「送給你，如果你不介意簡陋的話。」

「這是什麼？」約翰接了過來，心裡不禁擔心起來——該不會是他變形時的牙齒吧？接受這樣的禮物也太奇怪了！

「我的牙。」富豪咧著嘴燦爛地笑著。

還真是擔心什麼什麼就成真啊……

「狼人的牙就像鯊魚的牙齒，一輩子都在更換新的。」富豪說著，又從口袋裡拿出三顆晃了晃，「我經常拿換下來的牙齒刻字玩。順帶，送你的那顆上面刻的是『順勢斬』[1]。」

「什麼？」

「我常玩的桌遊裡的用語，反正是很好的意思！」

約翰誇讚富豪的手藝，欣然收下了牙齒項鍊。他又一次習慣性地搜尋克拉斯的身影，然後發現克拉斯正站在廣場的一角。

浮木坐在克拉斯旁邊幾步遠的地方，而狼人海頓和另外幾個狼人就圍在四周。

1　順勢斬（CLEAVE），《龍與地下城》（DnD）裡的一個技能，能在同一輪攻擊殺死一個敵人後接著攻擊臨近一格的下一個敵人。其實具體是什麼意思並不重要，這只是警衛長愛好的體現……（近戰都很愛這個技能）

約翰嚇了一跳。這些人就像在散步一樣，隨意移動步伐，但眼睛一直盯著浮木。克拉斯抱臂站在那裡，面色和善，眼神從未離開狼人們。白色羽翼的生物則蜷縮在他的腳邊。

這群狼人沒有表現出任何攻擊姿態，卻渾身散發著危險氣息。約翰快步走過去，富豪也跟了過去。

「你不用這麼緊張，」富豪小聲說，「你的同伴很有經驗，其實海頓有點怕他。」

「真的嗎？」在約翰眼裡，克拉斯簡直是整個廣場上最脆弱的人，很難想像被犯人們畏懼著的海頓會怕他。

「我瞭解同類的肢體語言。你看，克拉斯先生一直盯著海頓，但海頓不敢和他對視。」

狼人海頓本想靠近浮木，也許他想襲擊，也許只是想羞辱或威脅。克拉斯之前正在扶著身為病患的白色羽翼生物走路，當看到海頓靠近浮木時，他也靠了過去，沒說一句話，只是盯著海頓。

通常，在自由活動時間裡犯人難免會有點小衝突，只要不出現真正的鬥毆，警衛們就不會干預。嚴格來說，克拉斯也沒有去干預，他只是站在那裡而已。約翰走到他身邊，和他一起望向海頓。不過海頓似乎不太怕約翰，反而還狠狠瞪了他一眼。

「你們聊得很開心。」克拉斯終於從海頓身上移開目光，看向約翰的手腕，牙齒項鍊被繞在那裡，「為什麼就沒人注意到呢？」

「注意到什麼？」約翰現在的注意力集中在克拉斯腳邊的生物身上，那個似乎被稱為「天蛾人」的少女。她抱著膝蓋坐在克拉斯腿邊，長長的金髮幾乎遮住整個身體。

克拉斯對她非常溫柔。約翰總是隱隱認為這樣不太好，但又說不出具體哪裡不好，大概因為她畢竟是個囚犯吧，誰知道以前她幹過什麼危險的事呢？

克拉斯看著約翰，用眼神示意他注意浮木。約翰這才發現，浮木手裡似乎握著什麼東西。偶爾的反光下，那東西閃爍著金屬的銳利色澤。

浮木的坐姿很隨意，手就那麼垂放在腿上，一點好戰的意思也沒有。不知道他的袖子裡偷藏了什麼，總之一定是某種尖銳的、監區不允許犯人持有的東西。

約翰本以為克拉斯是在警示海頓，讓他不要接近浮木，沒想到其實正好相反，克拉斯是在防止浮木做出危險舉動。

從自由活動時間結束到晚飯時間前，犯人必須回到各自的牢房待著，警衛們也能短暫地放鬆一下。克拉斯親自送生病的天蛾人回牢房，還交代她要多休息。

之後，克拉斯才對約翰解釋，當發現海頓靠近浮木時，他也發現了浮木手裡藏著東西。不管海頓的氣焰看上去有多囂張，既然他還好好活著，那至少說明他懂得分寸，不會在大庭廣眾下做出出格的事，但浮木就不一定了。

克拉斯說浮木的眼神看起來比海頓危險得多，而且浮木憎恨怪物，誰知道他會幹出什麼。之所以沒有揭穿利器的事，是因為他考慮到在監獄裡浮木必須自保。怪物們恨獵人，獵人留著一點違規的東西也許會有好處，只要他們不主動發起攻擊。

「可是，你站在那裡，浮木就不會攻擊海頓了嗎？」約翰問。

「我是個人類，至少浮木不仇恨我。」克拉斯說，「但如果海頓先引起事端，他肯定會力求殺了海頓。浮木做得到，畢竟他不再是以前的他了，不是嗎？」

在浮木剛到「地堡」並接受魔法檢測時，約翰也被這位獵人陰沉的目光瞪視過。他知道克拉斯說得沒錯。

雖然約翰不太理解「畢竟不再是以前的他」是什麼意思，他猜，也許克拉斯是指浮木入獄後的心情變化吧……但似乎又不完全是這個意思。此時，他的注意力都被另一件事吸引走了，暫時忘記繼續詢問下去。

「那麼海頓呢？他也因為你而不敢靠近？」約翰和克拉斯站在監區走廊轉角的陰影裡，盡可能壓低說話聲音。

克拉斯笑著搖頭，「不，狼人並不是怕我，他是在害怕莫斯。」

「莫斯是誰？」

「天蛾人。她也一直在盯著海頓，你沒發現嗎？很多生物都害怕被天蛾人直視，莫斯現在很少直視別人。」

「她似乎一直靠著你的腿，低著頭……」

「她又不用『頭』看人，你沒注意到她的眼睛嗎？」克拉斯說得非常自然而然，約翰卻越聽越糊塗。

看著約翰的表情，克拉斯突然明白，原來約翰不知道這件事。「約翰，你看過那本書了嗎？」

「哪本？」

「矮櫃上那本，你動過羽毛了。」

約翰點點頭，「嗯，我是看到了，天蛾人的部分我不是很明白……」

克拉斯伸出手，在身上比畫著，「這裡和這裡，你看到她肩窩和鎖骨上的紅色眼睛了嗎？」

「什麼？」約翰忍不住提高了音量，「眼睛?!」

「對，那是她的眼睛。你沒注意到名錄上的描述嗎？天蛾人的眼睛是長在身體上的，他們沒有頭。」

「那她的頭……她的『像頭的東西』是什麼？」

「口器，以及擬態物。」克拉斯比劃著鎖骨以上的部位，「從這裡以上都是。只有老年天蛾人才會長出擬態物，小時候，他們的口器長在身體最頂端，眼睛在相當於肩膀的地方，還長著一對蝙蝠翅膀。很多人都被壯年天蛾人嚇暈過，而老年的天蛾人就沒有這麼恐怖了，他們會逐漸長出擬態物，上面有逼真的人類面孔，翅膀甚至開始長出羽毛，看上去還挺像天使。諷刺的是，遭遇青年天蛾人的事件往往被描述成遭遇惡魔，而目擊老年天蛾人的事件則被認為是遇到有實體的天使。」

約翰微張著嘴愣了很久。

「你看起來像假死的手機螢幕。」克拉斯笑著說。

「那麼……」約翰突然覺得心裡豁然開朗，「你其實是在幫助一個生病的老年人了？」

「某種意義上說沒錯。她長了病毒皰疹——放心，不會傳染給人類——還有關節炎和老花眼。她現在的視力退化得和人類差不多了。」

「原來如此，我還以為……」

「你以為什麼？以為我見到漂亮的天使女孩會忍不住追求她嗎？」克拉斯搖搖頭，「我連魅魔都見過了，如果我這麼容易對怪物感興趣，肯定早就死了無數次了。」

約翰像被戳中軟肋一樣拚命否認：「不不，我當然知道你不會把黑暗生物當成朋友。只是……你總是很熱情，所以我才有點擔心，擔心你被她利用什麼的，她看起來很柔弱，但畢竟她是個犯人。」

「你說得對。不過，有一點你錯了。」克拉斯看著他，「我會把黑暗生物當成朋友的，比如你。」

約翰一時不知該如何回答。克拉斯微笑著轉身離開，背對著他揮揮手，「我去休息室拿點吃的，晚上還要幫羅素先生巡查魔法防護呢。」

Unthreatening Creature Protection Association

Chapter 11

諸聖日前夜

獵人浮木從不出現在公共餐廳裡，他總是窩在牢房。就在警衛們覺得他也許不會惹麻煩時，他就在自由活動時間重傷了一個人間種惡魔，只因為那傢伙想和他搭話。他將惡魔絆倒，不聽任何解釋，拚命踩踏對方的頭部。富豪和另外幾個警衛拉開浮木，浮木憎惡地瞪視著富豪，被警衛們仰面朝天抬起來送出餐廳。

羅素找浮木談話，浮木主動要求進禁閉室。當羅素表示「地堡」沒有設計禁閉室時，浮木看起來非常失望。

囚犯間漸漸開始流傳關於浮木的傳言，關於他過去的凶狠，關於他對黑暗生物的毫不留情。

怪物監獄通常是獵魔人組織與無威脅群體庇護協會聯手設立的。據說，浮木的雙親分別來自獵魔人組織和協會，但他們並不支持設立監獄，更不覺得怪物有權接受幫助。那對夫婦是極端的仇殺者，後來他們脫離了各自的機構，只為殺死更多怪物。

浮木一直接受這種教育，他雖年輕，卻已經見過不少恐怖生物，他對這些東西的厭惡不比雙親少。特別是在他的父母因為狩獵而雙雙死去後，他對黑暗生物的仇恨到達了頂峰。

「後來獵魔人警告他了。」某個牢房裡傳來交談聲，囚犯之中總是有消息靈通的人。

「我聽說，是那個什麼『協會』向獵魔人組織提出抗議？」

「是的，協會先發現了浮木有濫殺和歧視傾向。你知道吧，協會裡也有獵人，而且協會的獵人通常在揍人前願意先交涉。那次浮木在追蹤某個吸血鬼小團體，是個變態的小宗教組織，不屬於任何血族領轄，他們崇拜邪神，分食嬰兒的鮮血……」

「松木在上啊！他們後來被浮木殺光了？」

「就結果上來說，是這樣的。但浮木在追殺他們的過程中傷及太多無辜，其中甚至包括人類，和他合作的血族也死了……」

「等等，你說什麼？還有血族和他合作？」

「他欺騙了一個從法國來的吸血鬼，」負責傳播消息的犯人嘆了口氣，語氣越發嚴肅，「這個血族是當地無威脅群體庇護協會的獵人，同樣在追蹤罪犯。他很相信浮木，可是浮木卻騙他當誘餌。聽說可憐的血族獵人被同類抓住，被吸乾鮮血，直到身體乾枯後被曬得粉碎。」

牢房裡陷入寂靜，大家都想像出了慘烈的畫面。

「一開始，人類考慮過讓警察逮捕浮木，我是指真正的警察。但是不行，浮木很狡猾，而且他知道太多不該公開給普通人的祕密。獵魔人們終於無法容忍他了，在他差點踩死燭臺妖精時逮捕了他。」

「哈，多虧浮木是人類。」一個犯人嗤笑著，「他就是沾了種族的光。如果他像我們一樣是大腳怪，早就被擊斃了。」

「我也這麼想，真是不公平……」

富豪戳了一下約翰的背，「你的眉毛都扭在一起了，聽到同族的死亡這麼令人傷心嗎？」

約翰站在執勤的位置上，正好能清晰地聽到囚犯們聊天。他不好意思地笑了笑，「不，我不認識那個法國吸血鬼，我只是覺得很殘酷。」

「協會的人一向多愁善感。」富豪低頭看看約翰的手腕，「你怎麼不把牙齒戴著？不喜歡『順勢斬』的刻字嗎？我可以換一個『確認重擊』的給你……」

約翰將牙齒項鍊繞在手腕上，沒有佩戴在脖子上。

「不，我很喜歡它，只是覺得戴在手腕上比較酷。」

約翰撒了個小謊。身為血族，他認為把狼人的牙齒掛在脖子上很奇怪。在舊時代，狼人的牙齒通常是用來撕開吸血鬼的喉嚨，讓這種東西貼著自己的頸部，約翰會忍不住陣陣發冷。

「對了，你最好做好準備。」富豪說，「幾天後『地堡』有個例行活動，在萬聖節前夜我們會放恐怖片給犯人看，還允許犯人們裝扮和聯歡，地點在餐廳。之前並沒出過什麼事，但今年不同，浮木來了。」

「裝扮？」約翰難以想像那會是什麼場面，「這些囚犯……還需要裝扮嗎？」他們本來就夠奇怪的了！

他們正聊著，牢房的方向突然傳來一聲哀號。約翰擔憂地望去，富豪卻說：「不用擔心，是海頓和他的手下。他又在揍『巫師』了。」

「你們就……讓他揍？」

「『巫師』是典獄長的敵人。」富豪不屑地哼了一聲，「他被典獄長打敗過，你沒發現他是跛腳嗎？」

「是的，我注意到了。」

「『巫師』總是和狼人中的敗類混在一起。他幫助他們殺戮取樂，也利用他們研究狼化藥劑。對獵人而言，比起怪物，人類巫師是最難對付的，因為他們是人類，總是能用一些狡猾手段來躲避追捕，甚至反過來坑害獵人。羅素先生抓住了『巫師』，在戰鬥中傷了他的腳——在『巫師』還沒來得及對一所學校投毒之前。」

「對學校投毒？」

「是的，狼化藥劑，他打算把那些人都變成狼怪。你知道，只有原生狼人才能透過噬咬轉化人類，普通狼人則不能。『巫師』用普通狼人的血和一堆見鬼的藥材製做了毒劑，可以把人變成沒有意志、只喜歡殺戮的低等狼怪。」[2]

「為什麼要這麼做？」約翰隱約覺得這種行為模式很耳熟，就像在協會裡曾經聽說過的那群人。

「他以前是『奧術祕盟』的人。他們一向如此，為了所謂的研究，不惜傷害任何人。你聽說過他們嗎？」

約翰點點頭，他猜得沒錯。奧術祕盟的殘餘勢力到處都是，隱藏在黑暗中蠢蠢欲動。

2 狼人不像吸血鬼，他們是活體生物，可以透過普通方式繁殖。「原生狼人」指的是一代代傳承血脈的狼人，父母是狼人，孩子也是那種；而「普通狼人」是指被狼化詛咒感染的人類。
這裡設定原生狼人的噬咬能夠感染普通人，普通狼人無法再感染別人（巫師是利用他們的血做了別的藥劑）。以及，「狼怪」是因為種種原因沒有被成功轉化的狼人。所以即使被狼人咬了，成功或失敗也要看機率，有可能什麼都沒發生，有可能變成狼怪，也有可能變成真正的狼人。
其實狼人很難轉化人類，因為通常被咬的人直接就被咬死了，他們必須特別「溫柔」地咬一口才有可能傳播詛咒。如果是故意咬認識的人，狼人通常也不太願意，因為有一定幾率會把他們變成狼怪，畢竟轉化成功率究竟是多少大家都不知道。

警衛長繼續說：「羅素先生也是巫師，不是驅魔師，是真正的巫師，獵人中的異類。因為常年使用巫術，他的身體很虛弱。為抓住私下製造狼化藥劑的人，羅素先生付出了很大的代價。最終他贏了，身體卻不可逆轉地越來越差……那時羅素先生還不是『地堡』的典獄長。現在，羅素先生不再使用巫術了，只偶爾用用無害的那種，那應該叫什麼？古魔法？」

剛從羅馬尼亞回來時，約翰不明白為什麼使用巫術會被懲罰。克拉斯說，施展古魔法或驅魔法術需要工具和材料，而施展巫術則需要祭品和代價。巫術總是一再要求祭品，巫師會在不知不覺間逐漸獻上靈魂。

想到克拉斯也懂一點巫術，約翰感到一陣脊背發涼，雖然他的脊背本來就是冷的。但仔細想想，他又不太擔心，因為克拉斯也知道巫術的危害，並不打算過多使用，救治瑪麗安娜那次應該是迫不得已。

海頓的牢房裡又傳來一聲悶響，這次沒有哀號聲了。巫師的嘴巴被塞住，海頓把他踢倒在地，踩著他的胸口。

「你沒有權力指揮我，明白嗎？」海頓壓低聲音說，「你確實可以給我一點小小的靈感，我可以隨便聽聽，也可以不聽。至於浮木的事情，我自己會處理，不用你插手。」

剛才，巫師說有辦法給浮木好看，但需要某些材料，希望海頓可以幫他弄來一點。

海頓並不是第一次提供這種幫助（通常也是幫他自己，因為巫師是他的跟班），比如弄來血液、毛髮、監獄裡其他怪物的血，吸血鬼的獠牙等等。坐牢的吸血鬼都被戴上了特製項圈，沒辦法霧化身體或變形動物，為了不被揍，通常只能乖乖配合。

而這次，海頓拒絕了巫師。巫師一再懇求，並把他想用的巫術描述得栩栩如生，說保證能讓浮木吃盡苦頭，讓海頓終於不耐煩了。

腳上的力氣又加重了一些，海頓彎下腰逼視著巫師：「聽著，不要再和我提這件事。如果你敢背著我對浮木施法，我會折斷你每根手指，割掉你的舌頭，拔光你的牙齒。相信我，你在『地堡』樹敵很多，沒人在乎我把你怎麼樣。」

巫師顫抖著猛點頭，海頓終於放開了他。他手腳並用地縮到自己的床鋪邊，打開團在一起的衣服，像以往一樣清點他的私人收藏物品。狼人血液、吸血鬼牙齒、狼怪毛髮、羊人趾甲粉末、爐精的睫毛、人類的血和精液……他每天都要喃喃自語地清點這些，海頓和其他狼人早就見怪不怪了。

諸聖日前夜，人類有裝扮成鬼怪進行遊行聯歡的習俗，約翰從不知道黑暗生物也會參加。

「地堡」的犯人沒辦法遊行，只能坐在餐廳看看電影，他們之中有不少都開始利用簡陋的舊衣服、紙箱紙板等等進行裝扮。警衛們不搞這些，但私下會玩玩「不給糖就搗蛋」的遊戲。

「這不公平，我沒有糖，我也不需要吃糖。」準備換班前，約翰惴惴不安地坐在宿舍裡。

「我有一盒潤喉糖。如果有人找我要，就每次只給一顆好了。」克拉斯把糖放在口袋裡，「走吧，警衛不至於會在大庭廣眾向你要糖果的。或者……你可以一直和我待在一起，需要時我來負責給糖果。」

「呃，可是你說過，你要負責照顧生病的莫斯，那個天蛾人……」約翰有點遺憾地說。

「也對，你也需要和富豪一起執勤，他還送了你『順勢斬』的牙齒。」

「你也有禮物的。」約翰想用別的話題帶過去，誰知道，卻越說越不是那麼回事，「莫斯給了你羽毛。」

這幾天，羽毛並沒在書本裡。大概是克拉斯收起來了。

克拉斯打開門，猶豫了一下，沒有回頭，背對著約翰問：「約翰，你以前和狼人相處過嗎？」

「沒有，我甚至沒見過真的狼人。」

「難怪……其實我是想告訴你，雖然現在的年輕狼人都不講究古制了，但在他們的傳統禮儀裡，送別人自己的牙齒是最高禮節。」

約翰困惑地看著克拉斯的背影。

「一般，狼人贈送牙齒，是在效忠酋長或新婚之夜時。」說完，克拉斯擺擺手走了出去。

約翰低頭看了看手腕上的狼牙。

「順勢斬？」他困惑地自言自語，「不，我想……這只是作紀念，他口袋裡還有『確認重擊』和『凋死術』，還有『培羅聖父』『絕冬城』『博多之門』『達加堡』和『印記城』[3]……雖然我不太懂這都是什麼。」

約翰搖搖頭，穿好夾克帶上磁卡走了出去。

將要在餐廳放映的電影是《詭屋》，約翰以前看過。他不太理解在怪物監獄裡放《詭屋》有什麼意思，囚犯們只要互相多看幾眼，效果和這部電影也沒什麼區別了。

有不少犯人利用簡易生活物品進行裝扮。比如有個半羊人用毯子和紙筒扮成羊，還有個半人馬裝扮成斑馬。這還不算最難理解的，任其他警衛長負責的監區裡，某個吸血鬼裝扮成了電影裡的德古拉伯爵，這種「扮演」究竟出於什麼心情，約翰百思不得其解。

電影開始放映時，約翰又開始到處搜尋克拉斯的身影。

克拉斯和幾個警衛坐在一起，身邊不遠處是天蛾人。她坐得很靠後，因為她的翅膀會擋住別人，餐廳不是真正的電影院，座位沒有高低坡度。

約翰很想走過去。克拉斯懂很多關於黑暗生物的知識，說不定能邊看電影邊說一些好玩的東西。約翰想和克拉斯交談，一起看電影也許比自己獨自觀看要有趣得多。

怪物們看電影時確實和人類不一樣。普通人通常會邊看邊說：「哦天哪，別過去，別開那個門，快跑！」而這群犯人喊的是：「就是她！快跳出來！抓住她！幹得漂亮！」

微暗的環境下，突然有人靠近約翰身後，約翰反射性地躲閃並回過頭。富豪靠了過

3 總之，富豪刻的字全都和桌遊跑團（TRPG）相關。有的是戰鬥用語，有的是神，有的是地名，分別出自《被遺忘的國度》和《克萊恩》等等。

來，探著腦袋說：「下次我想開個《詭屋》風格的跑團，你要參加嗎？」

「我不太瞭解這些……」約翰說。

「我、傑尼和麥克會一起教你！」

「那等一會我問問克拉斯，也許我們可以一起參加。」

富豪像是聽到了什麼很有趣的事一樣，忍不住低笑出聲。他又湊近了一點，看著螢幕，在約翰耳邊小聲問：「你和克拉斯到底是朋友還是情侶？」

約翰結巴著，連著說了好幾個「我」和「我們」，幾乎沒說出完整的句子。

「我聽說，他是你上司。」富豪說，「他確實挺可愛的，第一次見面時我還以為他是吸血鬼。警衛們私下和我說過，他們也都很喜歡他，他很快就和大家混熟了。不過，我覺得你的態度和別人不太一樣，你好像有點……緊張。」

「我？緊張？」

「是的，只要你們在同一個開闊環境下，你的視線永遠釘在他身上，我都懷疑他會不會毛骨悚然。」

富豪停頓了一會，又說：「他真的不害怕你？」

「嗯，他不怕。」甚至當初約翰反而害怕過克拉斯，現在想起來還真的有點好笑。

富豪的注意力完全不在影片上，甚至不在囚犯身上。他重重地嘆氣，有點羨慕地說：「真好，簡直像電影和小說一樣。」

犯人在看電影時也並不安靜，他們隨劇情大呼小叫，還有人不時站起來表示自己和片中的怪物長得很像。

約翰忍不住又看向克拉斯。天蛾人似乎不太舒服，她向克拉斯和其他警衛提出要去廁所，然後她走出餐廳——那邊同樣是目前犯人們可以自由行動的區域。

有另外三個犯人也跟了過去，因為視線遮擋，約翰只看清其中兩個，費里和安德魯是兩個人類巫師罪犯，是平時很老實的兩個傢伙。約翰猜想第三個也許是「巫師」——用這個稱呼當名字的那位。

浮木坐在人少的角落，低頭看著雙手，對影片和喧鬧的群眾毫無興趣。有人靠近他背後，他沒有回頭，咬著牙說：「滾開。」

海頓無聲無息地換到了浮木的斜後方。「別這麼不友好，」海頓嗤笑著，「我不會惹麻煩的，更不想和你來個你死我活。我只是想看看，順便嘲笑一下你。」

浮木依舊沒有回頭。他的背影和普通年輕人無異，頭髮削得很短，脖子顯得又細又直。海頓曾經無數次想折斷他的脖子，但現在他卻不太想這麼做。

「地堡」的人說，是浮木把海頓送入監獄，其實這不準確。當初浮木差點殺了他，多虧有別的獵人跳出來接手。在更早之前，獵人浮木和棕髮狼人互相折磨鬥爭了很久，即使已經淪為囚徒，海頓也一直希望能有機會再次和浮木對決。

但現在不是時候，海頓認為，自己不能死，浮木也不能死。他希望他們雙方都能活著出去，將來再自由地大鬧一場。

「奇怪，你被馴化了嗎？」海頓在浮木身後，又稍稍貼近了些，「要是以前，你可不會放任敵人從背後靠得這麼近，你會切下他的腦袋，或者直接掏出槍……當然，你現在沒有砍刀，他們連水果刀都不給你。你更沒有槍了，除了這地方的……」

海頓的手猛地伸過去，按住浮木的胯部並向中間摸。浮木憤怒地咬緊牙，側開身，一道銀色的光芒閃過海頓眼前。

海頓躲開了，顴骨上出現一道淺淺的劃痕，又立刻消失。

浮木的袖子裡藏著一把金屬拆信刀。刀鋒已經折斷了，只剩下細細的柄，斷口十分鋒利。

只可惜，這種小東西不能傷到狼人。海頓知道浮木原本是朝著眼睛攻擊的，他不在意，抹了一下臉，笑著再次緩緩走近。

他們的動作已經引起了注意，富豪和約翰，還有另外幾個警衛都開始靠過去。

「握手言和不好嗎？」海頓的身體語言毫無攻擊意圖，他伸出手，就像真的想講和似的。浮木沒有回答，把手裡的東西再次藏好，沉默著轉過頭。

可是海頓卻利用這一瞬間，以極快的速度抓住了浮木的小臂。浮木想再次用拆信刀攻擊，卻因為角度的劣勢而被海頓扭住手腕。銀色刀柄從他袖子裡掉了下來，清脆的落地聲被電影中女主角的驚叫掩去。

浮木想絆倒海頓，卻反被海頓絆倒在地。沒有武器的獵人在近身肉搏上不可能是狼人的對手。

海頓知道分寸，並不想真的把他怎麼樣，只是想侮辱他。可是，當將獵人壓制住時，海頓卻露出了驚訝的神色。

「你，你難道……？」

約翰和富豪已經抓住了海頓，將他拉開。海頓沒有反抗，他睜大雙眼，直直盯著浮木的臉，再轉而凝視他的手。

就在富豪想出言訓斥時，餐廳外部傳來一聲巨大的爆破聲。

毫無防備的人們幾乎被震得耳鳴。犯人們亂作一團，也有不少人先是滿臉恐慌，幾秒後開始露出看好戲的興奮表情。

爆炸聲很大，卻沒有震動感。克拉斯站起來，和身邊的警衛一起跑向餐廳廁所。約翰丟下手裡的海頓，跟著跑了過去。富豪在他身後喊了好幾聲，他像是沒聽到一樣。

「協會的人就是不專業！」富豪碎念了一聲，轉身和其他警衛一起維持秩序，把犯人們列隊帶回監區。

空氣好像突然變渾濁了。人們先是感到視線模糊，漸漸周圍升起霧靄，從遠及近包圍過來。幾個人類警衛開始顫抖，抽搐，甚至摔倒在地。半羊人看起來也很不舒服，但不至於昏迷。囚犯中有的只是咳嗽，也有的像人類一樣反應強烈。

一個吸血鬼開始大哭，另一個則低落地癱坐在原地，還有的滿臉恐懼，奪路而逃。場面再次混亂起來。在餐廳的警衛中也有不少出現了奇怪的症狀，而叫人吃驚的是，所有狼人都沒事。

霧氣越來越濃，幾乎完全遮蔽視線，並且四處蔓延。隔著濃霧，富豪聽到同事在喊：

「巫師不見了！」

克拉斯先趕到廁所。他身邊的警衛有的在霧中摔倒，有的沒什麼反應。

廁所的門是開著的，裡面有窸窸窣窣的聲音。

狼人警衛擋在克拉斯前面，戴上隔離手套，打開警棍上的電擊裝置。對付怪物囚犯的電擊警棍比普通監獄對付人類的要厲害得多，這東西如果用在人類身上，會導致人類重傷甚至死亡。

一道黑影從濃霧中撲過來，警衛揮動電擊棒擊中了它，它卻毫不畏懼。

「天哪！這是什麼！」即使是強壯的狼人警衛，也被眼前的東西嚇得不輕。

那生物的形態非常怪異。它四肢著地，有著巨大、臃腫的骨白色身體，長著野獸的利爪和長尾巴，背上有對蝠翼正快速搧動著，簌簌作響。它的頭部屬於人類，面孔非常清晰——安德魯，這是監獄中的一個人類巫師。

他的眼睛不見了，眼眶骨裡長出一對紅色的複眼，嘴巴裡也長出了昆蟲般的口器。

室內還有另一隻，他們能聽到聲音，那東西正在破壞通風口的防護罩。

狼人警衛衝上去試圖制伏眼前這隻。可它的力氣很大，竟然能把狼人甩開。警衛在搏鬥中把電擊棒刺向它的口器，這應該有用，它看上去很痛，卻並沒有因此停止活動。

它甩著頭，咬斷了警棍——虹吸式口器外層還有一層獸牙！警衛和克拉斯都很震驚，這不是任何生物應有的特徵。

「退後！」一名警衛將克拉斯用力推遠，克拉斯撞在牆角，這時候他們顧不得什麼溫和有禮。警衛撕開制服，脊背膨大隆起，四肢開始伸展，喉中滾動著野獸的嗚咽聲。

狼化過程只有幾秒，現在他是一隻依舊直立的、身高超過八英尺的生物，黑色鬃毛覆蓋全身，強壯得像一座小山。

另一個狼人警衛同樣完成了狼化，但卻沒辦法過去支援他。從他們身後的方向，又有一隻同樣的未知怪物撲了上來。它身上還掛著警衛制服的碎片，它是剛才倒下的人類警衛。

狼人與怪物廝打在一起。餐廳方向傳來驚叫與嘶吼，有更多的警衛甚至還有犯人進行了獸化，以便迎擊怪物。同時，也有更多人類變成了怪物。

怪物把狼人壓制住，想將口器刺進他的喉嚨。這時一道影子衝過來，快得叫人看不清動作。他扭住怪物的頭，喀嚓一聲，怪物不再動彈。

「約翰……？」克拉斯想站起來，卻雙腿發軟，也許是煙霧的作用。

約翰震驚地看著怪物屍體。另一隻正和狼人廝打的怪物振動翅膀，擺脫狼人的擒抱，轉身衝向濃霧瀰漫的廁所內部。

通風口的護欄應該已經被破壞了。濃霧中傳來摩擦聲，它也鑽進了通風口。

「你沒事吧？」約翰把克拉斯扶起來，克拉斯反覆睜眼、閉眼多次才站穩。

「我沒事……它們在裡面。」克拉斯指指廁所。

通風設施會讓霧氣逐漸消散，遮蔽視線的濃霧漸漸稀薄了一些。狼人們走進去，才發現怪物們不僅是從通風口逃走的，洗手臺方向的牆壁被破開一個洞，足夠人形大小的生物通過。

地上散落著血跡和白羽毛，克拉斯走近，蹲下將羽毛一根根撿起來。

富豪警衛長處理完了外面的事，也趕了過來。他現在是一頭茶色毛髮的半狼，比普通的獸化狼人還高出一頭。他環視四周，幾步衝到克拉斯面前，用力拉住他的手臂。

約翰死死按住狼人的巨大爪子，「嘿！你是誰?!」

狼化的富豪一用力，將克拉斯和約翰一起拉到了自己身前。血族的體格雖然小，但力氣也非常驚人，富豪的爪子很痛，但他並不怪罪約翰。

「別緊張，我是富豪，」他的嗓音比平時低沉，「你，德維爾・克拉斯先生，你是什麼生物？」

「我是人類。」克拉斯回答。他低聲叫約翰不用緊張，富豪雖然看似粗暴，但並沒弄疼他。

「不可能……」富豪瞇起眼，「人類，剛才在餐廳裡的人類都已經……」

「變成了半狼怪、半昆蟲的怪物，對嗎？」克拉斯嘆口氣，從衣領里拉出一條細鍊。鍊子上繞著銀絲，掛著一根白羽毛。

「天蛾人能使人類發狂。但它們的羽毛卻是優秀的防護品，持有它的人可以對天蛾人身上的毒素免疫，但必須將它貼在皮膚或黏膜上……」克拉斯將銀鍊上的羽毛塞回去，手裡抓著一把地上的零碎羽毛，「我不知道『巫師』具體做了什麼，大致看來，他能把人類變成一種無自主意志的、天蛾人毒素和狼化詛咒的混合物……我聽說，被捕前他就在一直研究狼化詛咒。」

富豪點點頭，「是的，我們都知道這一點。但是就算你能抵抗天蛾人的毒素，那麼狼化詛咒呢？」

「千百年來人類故事中總不乏血族和狼人對立的傳說，這其中有一個很重要的原因。」克拉斯把手搭在約翰肩上，看著眼前的幾頭直立半狼，「警衛長，你們應該知道吧？有一種人，是狼人不能轉化的。」

「難道你是說……」

克拉斯點點頭，「嗯，我被血族標記過。」

幾頭狼都相當驚訝，看看克拉斯，又看看約翰。約翰倒是一頭霧水，「什麼意思？」

「被吸血一次就是被標記過。你的家人沒講過嗎？」克拉斯有點想笑，這種知識竟然需要人類講給血族聽，「血族不會直接殺死獵物，但只要人被咬過一次，就等於被做了標記。下一次獵食時，血族可以另尋目標，也可以快速找到被標記過的人。對所有血族來說，有標記的人將比一般人類更容易制伏。同時，被標記者可以對狼人的獸化詛咒免疫。」

約翰比狼人警衛更加震驚。他只是張了張嘴，說不出話來。克拉斯說得非常輕鬆，就像講述怎麼幫咖啡打奶泡一樣。約翰想說「我並不是故意這麼做」，又想說「如果早知道我就不會咬你」……但說什麼都已經晚了，克拉斯明明知道，當初卻仍自願被吸血。

克拉斯彷彿明白他想說什麼，所以錯開目光，「不要研究我的問題了，現在重要的是『巫師』和變成怪物的人，」克拉斯說，「『巫師』想要狼人的血應該不難，海頓和他的手下就是狼人；在外面天蛾人很少見，比狼人或血族都要稀少，『巫師』也許在等待機會，他想要莫斯，大概以前一直被警衛以及海頓阻止……不知道莫斯是不是還活著。也許她死了，或者被『巫師』挾持著。」

「『巫師』要做什麼？」約翰指指外面，「也許是想越獄？他只是在廁所炸開了一個洞，這威力只有自製化學品的程度。『地堡』沒這麼容易出去，外面還有那麼多道門……」

「他也許……」富豪猛然脊背一抖，「他也許是朝羅素先生去的！」

「地堡」失控了。人類犯人和人類警衛變成了前所未見的怪物，其他警衛和怪物不得不為了自保與其戰鬥。

起初，有些囚犯還試圖渾水摸魚越獄，很快他們就發現這是不可能的。他們不熟悉「地堡」的內部路線，而且大多數的隔離門都是關閉的。

更可怕的是怪物。那些東西已經徹底失去心智，只一心想抓住什麼去啃噬，用虹吸口吸取他們的腦子。

海頓也扯掉衣服，變成棕紅色長鬃毛的半狼。他身上本來有法術項圈，無法狼化，一個同為狼人的警衛及時用密令解除了它。海頓來不及感謝這個當即決斷的警衛，就投入了與怪物的廝殺。

他徹底撕碎了一頭怪物，其他還沒逃走的怪物也已經被警衛捆綁或殺死。

海頓喘著粗氣，踢開被砸爛的桌子，走向貼在牆邊的人。

獵人浮木垂著雙手，眼神落在遠處，彷彿根本沒看到海頓。海頓現在過於高大，必須半蹲下才能看著浮木的眼睛。

野獸的手掌伸過去，抓住浮木的手臂。浮木被拉得一個踉蹌，海頓把他的身體扶住。

「獵人，你的手不行了。」狼人說。他只是陳述，語氣裡並沒有一絲嘲笑。

浮木冷笑著點點頭。

狼人撩起浮木的袖子。手臂上有很多傷痕，縫合痕跡清晰可見。

「那次追擊時，我的手腕和手指肌腱被徹底廢掉了，」浮木這才收回目光，直視眼前的狼人，「現在，我的手雖然能動，卻幾乎拿不動比杯子重的東西，連摸自己的頭頂都很困難。海頓，你現在覺得怎麼樣，開心嗎？」

被送進監獄後，浮木一直在虛張聲勢。因為他的壞名聲，沒有幾個囚犯敢輕易惹他。幸好他的腿並沒受傷，所以之前還讓人間種惡魔吃了點虧。

海頓沉默了一會，又問：「不對勁。為什麼你沒有變成怪物？你明明是……」

他收緊手掌，捏了捏浮木的手臂。浮木沒有抗拒。

「……你不是人類了。」海頓的手更加用力，幾乎是無自覺地。浮木的手臂被勒出紅痕，但他毫不在乎。

「你被吸血鬼初擁過了？」所以，浮木在夜間被送到監獄，吃飯時間他也不會出現在餐廳，「而且……初擁發生在你的手徹底傷殘以後！」

如果浮木先被轉化，再受重傷，那麼只要他能活下去，傷處就一定可以完全痊癒。可他是先有了缺陷，在已經傷殘後才被初擁的。

人被轉化成吸血鬼前的殘缺將再也無法被治癒，疤痕不能平復，身體不能生長，甚至燙個髮都會在一天之內恢復原狀。初擁能帶走人類體內的疾病，不能帶走傷殘。

「那一天『死掉』的……不僅是休伯瑞。」浮木喃喃地說。休伯瑞是曾和他合作的血族，來自法國的無威脅群體庇護協會成員。

休伯瑞和獵人一起追獵目標，最後被罪惡累累的一伙同族抓住，被吸乾血液和靈魂，直到身體脆得如同乾燥的泥土，然後被陽光化為粉末。

浮木一動不動，海頓站在那裡看了他很久。最終，海頓跨前一步，一把抓住浮木的身體，把他扛在肩上。

「放開我！」浮木掙扎著。

「現在是特殊情況，」海頓把他箍得更緊，「我們得到安全的地方去。」

「放我下來……」浮木嘆口氣，態度軟化了不少，「我的腿沒有問題，可以自己走。」

「巫師」的藥劑產生濃煙，把人類變成半狼半昆蟲的怪物。由於其中使用了狼人血液，所以狼人本身對它免疫。

藥劑對其他生物也有影響，有些生物出現休克或者猝死，也有的會產生肢體扭曲。吸血鬼們身上的反應不大，多半體現在精神上，好幾個犯人變得極端暴怒，還有幾個縮在牆角不停發抖，或者胡言亂語。

「約翰，你沒事吧？」克拉斯邊走邊側著頭觀察他。

「應該沒事，但也有點……我有點說不清楚。」並非故意不說，約翰確實很難形容感受。他會間歇性地心悸和心慌，就像人類一樣。而且，在經過被破壞的牆體附近時，他會感到莫名恐懼，但看到身邊的克拉斯和狼人警衛們後，恐懼感又消失了。

「但願這有用。」克拉斯把散落在地上的碎羽毛收集起來，分發給約翰以及其他可能繼續受影響的警衛和犯人。

天蛾人不見了，羅素先生也有可能被怪物襲擊。值守的和休息的警衛們全部出動，分成了三組。第一組把不太聽話的犯人驅趕回牢房，第二組直接趕往典獄長辦公室，人手最多的第三組負責在整個「地堡」內搜尋新出現的怪物。由於它們都是人類變成的，起初警衛們不太敢動手。可它們已經完全異化，極為凶暴，根本無法捕捉，最後警衛只能把它們殺死。

富豪要負責撲殺到處亂竄的怪物，約翰、克拉斯與幾個警衛一起趕去尋找羅素先生。他們盡可能走最短的路線，從犯人無法通過的密門靠近地堡外層。

很快他們就發現，怪物的速度比他們快。它們利用通風道行動，不斷破壞牆體，口器外層的新牙能夠咬穿金屬牆芯，而且這種「生物」大概不帶黑暗屬性，所以也不懼怕每層牆壁裡的符文和聖物。

一路掘向外部的那一隻肯定是有智商的。它有明確的目標，不像其他怪物那樣見到什麼都去啃噬、攻擊。甚至，那有可能就是巫師本人，他自己是施法者，也許有辦法讓自己保有心智。

在將接近第三道門的通道裡，他們遭遇了幾隻徘徊於此的怪物。克拉斯甚至懷疑它們是被故意留在這裡，以便拖延警衛們的速度的。

收拾掉怪物很不容易。一個年輕的狼人警衛受傷了，手臂被怪物從中間咬斷，只有一截肌肉相連。

「你能聽清楚我的說話嗎？」克拉斯幫他包紮，揉著他腮邊的毛髮，「保持注意力，千萬不能解除狼化，聽到了嗎？現在我要固定你的手臂，可能會很痛……你們來幫幫我！」

另外幾個狼人警衛靠過去，幫克拉斯處理傷者的手臂。這樣的傷口如果出現在人類身上，人類會很快失血而死，而狼人在變形後不僅身體更強壯，失血速度也會變得很慢，雖然疼痛難忍，但不會有性命之憂。

在他們幹這些時，約翰獨自待在通道盡頭的儲物間裡。

狼人的血對吸血鬼而言吸引力並不大，但在血液噴濺出來時，約翰卻出現了眼睛發紅、獠牙外露的趨勢。可能是藥劑煙霧的作用。要知道，以往就算是人類在他面前流血，他都不會這樣。他主動縮到儲物間裡，人類警衛還在門外把手上別了一根警棍。

受輕傷的警衛進一步處理傷情時，克拉斯走向儲物間，拔掉門把手上的警棍，進去再反手關上門。

「嘿！你這樣不太好吧?!」人類警衛喊著。他正在幫同伴復位脫臼的手臂。

克拉斯從儲物間裡回答：「沒關係。我們幾分鐘後繼續走，現在我得和他談談。」

儲物間裡漆黑又狹窄，牆壁的格子上擺著各種清潔劑瓶子，因為約翰靠在上面，瓶子和木架一陣顫動。克拉斯深呼吸著，閉上眼睛。這麼暗又這麼窄的地方，閉上眼睛他反倒能稍微舒服一點。

「約翰，你沒事吧？」克拉斯摸索著靠近。儲物間沒多大，他一抬起手就摸到了約翰的手臂。

「他們的反應可能讓你不舒服了，這也沒辦法……」克拉斯安撫地拍著約翰的手臂，卻突然被約翰反手抓住。

約翰拉著他的手腕，猛地用力，克拉斯整個人都被拉向他。他用力摟住克拉斯，像是根本忘記了「血族不主動把臉靠近別人的頭頸」之類的禮節。

克拉斯能感覺到，約翰的手在發抖，儘管他雙臂的力氣那麼大，勒得人有點難受。幾瓶清潔劑從架子上掉下來，劈哩啪啦地一陣亂響。外面的警衛們喊著：「克拉斯？你沒事吧？」

「我沒事，裡面太黑了，不小心撞到了東西。」克拉斯回答。他盡可能讓聲音顯得正常，雖然他的臉被按在約翰的肩窩裡，幾乎難以呼吸。

「萬一我們死在這裡怎麼辦？」約翰在克拉斯耳邊小聲說。

克拉斯很吃驚他會這麼想。現在雖然危機四伏，但遠遠還沒到需要擔心死亡的程度。

「並非不可能，」約翰繼續說著，「那東西一心想殺戮，就算不是它，就算我們離開了，將來可能還會遇到更危險的……」

「約翰，冷靜點，我們現在都沒事啊。」克拉斯伸出手攀住約翰的背，輕拍著，希望多少能安慰他。

克拉斯很清楚，約翰被藥劑煙霧影響了，而且效果是緩緩顯現的。也許白羽毛對血族的幫助不大。

約翰蹭著克拉斯的頭髮，從摟緊他的姿勢變成用雙臂環著他的肩膀。克拉斯覺得好受多了。

「我一直忍不住想，」約翰現在的思維非常發散，提的問題莫名其妙，「如果我死了，或者辭職了什麼的，你接下來會怎麼樣？」連他自己都不太清楚，這其實也是他無意識地思考了很久的問題。

「克拉斯，你知道獵人浮木以前的事嗎？他也和吸血鬼合作過。浮木為了任務，沒有救那個吸血鬼，吸血鬼被同族殺死了……他們吸乾他的血，榨取他的靈魂，把他折磨得像風乾的屍體一樣，陽光將他徹底毀滅……這件事很極端，我知道這很極端……可是我忍不住覺得，不管是人類還是吸血鬼，都難保不會遇到這麼恐怖的事，對嗎？特別是我們要和各種黑暗生物打交道，誰知道什麼時候就……」

「約翰，我不會輕易放棄，更不會讓你死。」克拉斯說得很鄭重，可此時的約翰大概聽不進去。

「你對我很友善。」約翰放開手臂，改為單手捧著克拉斯的臉。黑暗中，克拉斯看不見他，他則能清楚地看到克拉斯，「對其他人也一樣。你救助了很多生物……有的我都不知道它是什麼。比如爐精、迷誘怪、惡魔……你對天蛾人也很熱情，對狼人也是。對了，如果我是人類，你還會和我搭檔嗎？我是說……如果我不是黑暗生物，不是血族，對你來說有什麼區別嗎？」

約翰語速越來越快，克拉斯幾乎快聽不懂了。

「對協會來說，我和需要救助的友善血族有區別嗎？和狼人、天蛾人什麼的有區別嗎？抱歉，我也不知道我在說什麼，我不是針對你，只是我控制不住自己……我總是想到，如果有一天我離開了協會，或者我死了，你也許可以和卡羅爾搭檔，或者和洛山達。我並非不可替代，協會一向和各種黑暗生物合作……」

雖然看不見，克拉斯還是睜開眼，保持直視著約翰。他也抬起手，同樣捧著約翰的臉。

「約翰，約翰，冷靜點聽我說。」他不知道此時二人的距離有多近，因為對方是血族，黑暗中只有他一個人的呼吸，「你是不可替代的。洛山達不行，卡羅爾也不行，這裡的狼人們更不行。你聽到了嗎？」

約翰緊咬著牙。他的手指插進克拉斯的黑髮中，貪戀著人類皮膚的溫度。

「如果你是人類，只要你願意，我仍希望你加入協會。」克拉斯認真地說，「傑爾教官會訓練你，我會親自指導你。只要你同意，我想和你搭檔，我可以教你很多法術。我承認，我一直熱衷於幫助各種生物，不管是爐精還是膠質人。你看，這不是我一個人的事，我和你，我們總是兩個人一起幫助他們。這份工作是我的驕傲，更是我遇到你的契機，不是嗎？」

約翰抬眼看著克拉斯。這裡沒有一絲光線，克拉斯看不見，所以克拉斯「直視」他雙眼的眼神稍微有點偏移，其實並沒對上他的目光。約翰覺得有點好笑，卻又笑不出來。

克拉斯頓了頓，繼續說：「如果你要問你『和其他黑暗生物有什麼區別』，那也很簡單。我幫助他們，有時治療他們，而在面對膠質人的劫持時，在我們研究怎麼抓住支系犬時，在幫助無頭騎士和伯頓先生時，在處理人間種和深淵種的糟糕問題時……保護我、幫助我的是你。你不是我的救助對象，你是我生活的一部分，是我的搭檔和朋友，不管你是血族還是人類，或者是什麼其他的生物，這一點永遠不會變。」

克拉斯再次擁抱他，手臂穿過腋下摟住他的背，輕輕拍撫。動作有點像在安慰小孩子，卻非常有效。

「我願意幫助伯頓，或這裡的任何一位血族，但我不願意讓他們吸血；其實我也不願意來『地堡』當臨時警衛，這不適合我，但是，因為你也會一起來，所以我才很放心。你和我一起經歷了很多事，別人並沒有。你是約翰．洛克蘭迪，你不是任何人，任何人也不可能代替你，你明白了嗎？」

約翰輕輕摟住他。腦海裡仍盤旋著很多話，它們都很模糊，拼不成完整的敘述，就像被揚起的紙屑。

「克拉斯……我很抱歉……」

「我也很抱歉，」克拉斯輕聲說，「如果不是因為我，你仍然會維持著以前的生活，寫點小報導賣給雜誌報刊，像普通人一樣工作、生活……而不是面對惡魔、巫師，以及各種你沒見過的怪物。」

約翰輕笑起來，「明明我是黑暗生物，你才是人類。可是我們的立場似乎是顛倒的。」

「那麼，你願意繼續這樣生活嗎？」

「我願意。」

在同伴的幫助下，人類警衛脫臼的手腕得到暫時復位，斷了手臂的狼人也能站起來了。儲物室的門打開，克拉斯和約翰一起走出來。

「他沒事了？」警衛看看約翰，小心地問克拉斯。

「沒事了。是煙霧藥劑的作用，現在他的症狀減輕些了。」克拉斯回答，並拍了拍身邊約翰的肩。

他們繼續前進，繞過被塌陷天花板掩埋的走廊。周圍很安靜，沒有打鬥和破壞的聲音。

Unthreatening Creature Protection Association

Chapter 12

荊棘與黑蛇

典獄長辦公室緊靠著第三道門，門平時保持關閉，辦公室內有能開門的磁卡。

羅素已經知道了「地堡」深處發生的事，他放下電話聽筒，掏出藥盒，吃下一大把各種藥片。喝水時他嗆到了自己，撫著胸口不停咳嗽。平時辦公室外間有警衛助手，每當他們聽到他咳嗽或摔倒就會跑進來看看，今天確實也有人走進來了，但不是警衛，而是一頭高大的棕紅色毛髮半狼。

海頓用一隻利爪挾著浮木的脖子，利用混亂之際偷偷離開了監區。他比警衛們行動得快，而且又比普通怪物瞭解「地堡」的結構，竟然第一個到了典獄長辦公室。

羅素好不容易才從咳嗽中抬起頭，他只能認出浮木，「浮木先生？你身邊這位狼人是哪一隻……不，哪一位？」

「我是海頓。」狼人俯視著他。

「喔，對，毛髮的顏色沒錯。」羅素撐著桌子站起來，對他們倆勾勾手，「過來。你們看這裡的螢幕，這個活動的紅色訊號……」

「我不是來看這個的！」海頓拖著浮木靠過去，「把磁卡交出來。」

羅素睜大雙眼。由於太過消瘦，這種驚訝的表情讓他看起來像只小葉猴。「原來你不是來保護我的啊？是來……越獄的？」

「廢話！」海頓繼續逼近，「把磁卡給我們，或者我自己來找。」

羅素拍拍胸口，表示磁卡就在他的西裝口袋裡：「我不建議你這麼做。因為你們出不去。」

「出不出得去，我得試試才知道。」

「我是指，有東西正從那方向靠近，你們如果非要去門那邊，會和它直接面對面。」

海頓這才看向監控螢幕。危險的犯人都被植入過晶片，晶片一旦超出監區範圍，辦公室的電腦上就會有示警。

紅色的晶片是囚犯，綠色的是狼人警衛，從螢幕上來看，有幾個警衛正趕往典獄長辦公室，距離辦公室最近的第三道門附近有兩個紅色的東西。

「你把外面那個警衛怎麼了？」羅素問。

「他應該還活著。」

羅素點點頭，「哦，請你把他拖進來行不行？我怕等一會怪物會直接吃了他。」

「你見到那東西了？」海頓暗暗有些緊張，並盡力掩飾。

羅素在鍵盤上按了幾下，螢幕切換到另一種模式，出現監視器裡的畫面：介於野獸與昆蟲間的怪物正在噬咬地上的屍體。有兩隻怪物，一隻和海頓在餐廳面對過的差不多，另一隻要更大一圈，渾身沾滿血液，它抬起頭看了看監控鏡頭，那赫然是「巫師」的面孔。

海頓覺得一陣噁心。浮木的腳步晃了晃，看看螢幕上的怪物，又看看雙手，憤恨於現在自己的無力。

海頓叫浮木站在這裡不要動，然後跑出去把昏迷的警衛扛了進來。羅素又指指螢幕，「一隻怪物留在門口，另一隻過來了。『巫師』自己過來了。」

「為什麼?!」海頓看著逐漸靠近的紅色光點，「他如果要逃走，可以直接搶劫警衛的磁卡……」

「你也沒有直接搶警衛的磁卡啊。」羅素坐回椅子上。

「因為我不想浪費體力和狼人打架！」

羅素又掏出幾顆藥吃下去，這次很小心地沒被水嗆到。他舒了幾口氣，單手托著頭，「你是覺得……搶劫我比較容易，對吧？而『巫師』不同，他不想要磁卡。他留一個怪物在門前是怕我跑掉。他要殺了我。」

海頓不能理解。犯人仇恨典獄長倒是很常見，但和自由比起來，「殺死典獄長」就沒這麼重要了。

回憶起來，「巫師」一直在搜集各種奇怪的材料，動不動就用老鼠或他自己的身體進行腥臭噁心的研究，前不久巫師想要天蛾人的羽毛，而狼人普遍有些畏懼天蛾人的眼睛，海頓不願意幫他，還為此揍過他。難道一開始「巫師」就是為了殺典獄長？甚至，為了殺典獄長，他不惜將自己也變成怪物……

「他非常恨我。」羅素打開抽屜，拿出一堆大包小包的材料，「是我弄斷了他的腿，還把他送進監獄，他當然恨我。而且他也沒多強壯，比施法，他贏不了我，大概他一直想靠變形成強壯的物種來殺我。」

海頓低頭看了看浮木。他也曾強烈地恨浮木。由於狼化，海頓現在比年輕的獵人高很多，昔日面目可憎的獵人此時顯得非常脆弱，不堪一擊。海頓無數次幻想過能看到浮木屈辱和痛苦的表情，也不知怎麼回事，現在他卻一點都不這麼想了。

「幸好我們的人也趕來了，」羅素指指螢幕上的幾個綠色光點，「你們兩個過來，幫幫我。我要製作法術陷阱。」

浮木冷冷地看著他，「羅素先生。如果再繼續用巫術，你可能會死。」

「謝謝關心。我會盡量不用。」羅素感謝地點點頭，然後捲起袖子，在自己手臂上纏好皮管，右手拿起針頭，毫不猶豫地扎了下去。

「巫師」所化身的怪物比其他怪物大出一倍，不僅如此，他能說話、留有記憶，甚至在野獸的四肢前方還有一對人類的手臂。它壓低身子，緩步靠近典獄長辦公室的大門。

兩個狼人從旁邊房間撲出來，撞向怪物，一起壓制住它並狠狠咬下去。怪物很快擺脫了他們，它的毛髮形成帶著倒鉤的尖刺，獸爪緊緊扣住地面，身體最前端的人類手臂開始扭曲地比劃著。

「阻止他！他要施法！」克拉斯的聲音響起。人類警衛向怪物開槍，狼人警衛則利用怪物畏縮時再次衝上去。

約翰先利用狼人較大的體格躲避，再突然現身。堅硬的指甲刺入怪物前肢根部，挑開了那裡的動脈。吸血鬼能透過脈動聲來尋找主要血管，就算面對從沒見過的生物也一樣能找到。血液噴濺得很高，怪物嘶啞地叫著，雙翅快速震動，帶著抓住它的狼一起直直撞向遠處的牆壁。

狼人咬住它的脖子不放，它也同樣咬住了狼人。一股紅黑色的霧氣從它的牙齒處升騰而起，在半空形成帶有尖刺的荊棘，它們像有生命般舞動著，數量越來越多。

其他警衛和約翰想去幫助那個狼人，卻被尖銳的荊棘阻擋，無法靠近。克拉斯不擅長戰鬥，懂得的法術也幾乎不是打鬥用的，他幫不上什麼忙，於是小心地靠近典獄長辦公室，想從裡面做個防護法術。

門自己打開了。一隻狼人的爪子伸出來，將他一把拉了進去。

辦公室裡現在非常恐怖。

桌上有個雕著惡魔咒語的水晶圓樽，裡面黑色的血液正冒著泡泡，散發出難聞的氣味。紅棕色毛髮狼人的左肩上……少了一塊皮肉，那塊皮肉正在黑色血液裡被煮沸，狼人肩上血淋淋的傷口正在慢慢自癒。

羅素一臉疲憊地擦了把臉，轉過身，一手拿小刀，一手拿鉗子，鉗子上夾著一枚尖牙。浮木正坐在典獄長的寬扶手椅上，兩眼無神地望著天花板。看起來羅素手裡的肯定是他的牙了。

「……我是不小心到了地獄嗎？」克拉斯簡直想轉身推門出去。

「抱歉，場面是不太好看，」羅素把牙齒也扔進黑色血液，圓樽裡冒出一股黑煙，「克拉斯先生，長話短說，給我一點靈魂用用。」

「靈魂？」克拉斯不知道這是什麼意思。

羅素走過來，一手按住克拉斯的額頭。「可能有點難受，請站穩。我會拿走一點你的生命力，你不會有事，只是之後可能會虛弱和發熱，就像打了流感疫苗的免疫反應……」

開始時，克拉斯差點喊出來。彷彿有錐子刺入額頭般，短暫而尖銳的疼痛一閃而過。

他腿一軟，差點摔倒，按住他腦袋的手竟然非常有力，把他完全固定在門扉上。那不是羅素的力氣，羅素的手臂肌肉很放鬆，根本沒有用力。

疼痛只有一瞬，現在就只剩下虛弱感。克拉斯瞇著眼睛，在他身為真知者的視線裡，此時的羅素不再是瘦弱單薄的中年人……黑蛇盤繞在他的四肢、穿行在他的五官之間，順著他的手臂進入克拉斯的頭顱，再重新游回羅素身上。

海頓和浮木都看不見這些。在平時狀態下，羅素也並不會顯現出如此恐怖的一面。克拉斯能看到施法狀態下羅素眼瞳裡的鐫文，巫術文字盤繞在他的虹膜上，均速地緩緩轉動。

羅素的手掌離開時，克拉斯頓時癱坐在地。幸好他摔倒了，因為在下一秒，門板的上半截被撕開一個洞，「巫師」所化身的怪物尖聲叫著撲了進來。它有好幾處主要血管被切開，約翰抓住了它的翅膀，也被一起帶了進來。落地時，它滾動身體，約翰敏捷地跳開，並一把抱起門邊的克拉斯，和怪物拉開一定距離。

又是一聲巨響，門被撲進來的狼人徹底撞毀。荊棘追咬著他們，讓他們沒辦法靠近怪物自身。

怪物的嘴裡淌著血，腦袋怪異地旋轉著。

「我一直下不了決心，我一直……」

「巫師」所變化的怪物能夠說話，它邊說邊發出咯咯的聲音。「我終於有機會了，我絕不原諒你，絕不……」

羅素深深嘆氣，手裡是已經空空如也的圓樽。那捧黑色的溶液已經被他喝下去了。

「是我帶你走入黑暗的，很抱歉，瓦爾特。」

怪物的獸爪幾乎摳進地磚，聽到「瓦爾特」這個名字，它發出徹底不屬於人類的嘶吼聲。

「背叛者！屠夫！」它的人類手臂揮動著，荊棘增多，向著四面八方襲擊。它們靈活如頭足目的觸手，狼人們要不被傷到已經很不易，更別說去攻擊怪物本身了。

約翰抱著克拉斯在不大的房間裡四處閃避，聽到羅素高聲喊著：「抱歉啊！你們小心點，我沒辦法同時保護你們！」

荊棘無法傷到羅素，甚至根本無法觸及他。黑蛇從羅素的身體裡鑽出來，凶暴地撕咬靠近他的一切。羅素一步步地靠近怪物，黑蛇也一點點啃噬荊棘，怪物沒有後退，反而孤注一擲地衝上前，想用自己的龐大體格抓住羅素。

黑蛇越來越多，每一秒都會在原來的數量上增加一倍。

怪物毫不退怯，任憑它們撕咬，執拗地靠近羅素，伸出獸爪扼住羅素的脖子。看似凶暴，其實怪物已經沒有什麼力氣了。

「你為什麼要那樣做……」怪物的喉嚨裡都是血沫浮動的聲音，「為什麼出賣我們……老師。」

此時，羅素的黑蛇已經充滿了房間，並從門和通風口蔓延向外面。它們擋住了人們的視線，整個空間裡都是令人汗毛倒豎的嘶嘶聲，狼人們能清晰地看到無數黑蛇緊貼著身體，但他們感覺不到任何觸感。蛇就像既存在又不存在。

「老師，回答我……」巫師變調的嗓音不斷地重複說著。細小的咀嚼聲在房間中心響起。所有人都能想像出那會是什麼樣的畫面。

扼住羅素脖子的手已經越來越虛弱，不用他做什麼。最終那雙手鬆開，並掉落到地上。羅素的嘴唇在翕動，也許他想說點什麼，可維持殺戮巫術已經讓他連說話的力氣都沒有了。

看著自己昔日學生的臉，羅素伸出手輕輕摸了摸他的頭。接觸的瞬間，羅素聽到了他的學生心裡的最後一絲思維：

「**我們都在地獄等您。**」

巫師嗚咽了幾聲後，聲音消失了，他永遠沒有得到回答。

黑蛇糾結在一起，大的像水蚺，小的比手指還細，它們湧入「地堡」的每個角落，沒過遇到的一切。警衛、犯人們起初嚇得不知所措，很快他們發現這些蛇沒有觸感，就像幻影一般。

約翰害怕黑蛇會有危害，他緊緊摟住克拉斯，把他的臉壓在懷裡。克拉斯的脈搏跳得很慢，慢於一般人類的正常標準。約翰不知道剛才克拉斯遇到了什麼，只能不停祈禱，希望他沒事。

持續了將近五分鐘後，黑蛇開始逐漸消失。它們調轉方向，從各個地方爬回第三道門附近，回到羅素身邊，逐漸塌縮，消失在他的皮膚裡。

辦公室裡的警衛目瞪口呆地看著一切。羅素像被抽離靈魂般一動不動，他眼前是扭曲的骨架，它不屬於任何已知生物，只能看出頭顱源自人類。屍骨被啃噬得不剩一絲血肉，連骨骼都被咬出了細細的洞。

「典獄長……？」一名警衛向羅素走去，試探著出聲。

羅素漸漸恢復了神智。他盯了那具屍骨一會，轉過頭看著約翰和克拉斯。克拉斯已經醒了，視線仍有些模糊。他從約翰懷裡抬起頭，正好看到羅素面帶困惑，搖搖晃晃地靠近。

羅素皺起眉，嘴唇發抖。「你的靈魂太強大了……」

還沒說完這句話，他直直倒了下去。

警衛們紛紛從半狼變回人形，顧不得衣衫不整的問題，圍上前去查看典獄長的狀況。克拉斯被約翰扶著靠近，摸了摸羅素的脈搏。

「打急救電話！」雖然他並不清楚怪物監獄裡能不能往外打電話，「羅素先生好像快不行了！」

黑蛇吃光了所有怪物。它們曾是人類，有的甚至是無辜的警衛，巫術的侵蝕是不可逆的，它們的歸宿只能是死亡。獄警們議論紛紛。大家都知道羅素先生是巫師，但並不知道他會可怕到這種地步。

說他可怕也許不算準確，畢竟他同時又很虛弱，這次施法幾乎要了他的命。幸好他在發現異常時就向外打了一通電話（他剛放下電話，海頓就挾持著浮木闖進來了），其他獵魔人已經趕往「地堡」援助。

以及，怪物倒是被清理了，而海頓和浮木是獄警們的又一個麻煩。

趁他們不注意，海頓從羅素身邊拿走了一枚磁卡。警衛們發現他想越獄，拖著疲憊的身體把他攔在辦公室內。克拉斯躲得遠遠的，還拖走了昏倒的羅素。約翰則和狼人警衛們站在一起，攔住海頓。

狼人的獸化不像變形怪或血族的變身那麼方便。像支系犬的變形一樣，獸化會導致衣物撕裂、掉落……所以，現在的畫面有點詭異：回到人類形態後，海頓是個全裸的落腮鬍大漢，他拿尖刀對著浮木的喉嚨，並反剪其雙手。他們眼前是幾個同樣沒穿衣的警衛……和包得非常緊的約翰。

「讓開，否則我殺了他，」海頓的尖刀是剛在抽屜裡拿到的，「這小子的手完蛋了，他反抗不了我，我要殺他易如反掌。」

「就算你出去了，也還會遇到增援的獵人，別白費力氣！」警衛說。

浮木不耐煩地偏著頭。他一向是這種表情，讓人看不出真實想法。他嘆口氣，然後抿住嘴，深吸氣，閉上眼一秒再睜開。

警衛們看懂了，這是獵人之間的暗號。不用動作或手勢，只用表情就可以傳達，意思是「看我的提示，伺機行動」。雖然他們不知道浮木到底想幹什麼，甚至不知道浮木會不會也想越獄。

「海頓。」突然，浮木轉頭看向緊貼著他的狼人。

鋒利的刀刃劃過脖子，留下一道淺淺的血痕。海頓嚇了一跳，下意識地稍稍偏移了刀鋒。現在浮木是血族了，其實這點傷不算什麼。

下一秒，在場所有人都嚇呆了，尤其是海頓。

浮木扭過身，用力吻住海頓的嘴。海頓整個身體都僵硬了，像被下了定身咒語一樣維持著剛才的姿勢。

趁這機會，警衛們一擁而上，把海頓撲倒在地，奪走他手裡的刀子。剛趕來的人類警衛為他重新戴上阻止狼化的項圈，用密令鎖住。

海頓被戴上手銬拉起來。他惡狠狠地瞪著浮木，「很好，等著吧！你也是囚犯，將來我會讓你生不如死的！」

「隨你便，我有我的辦法，」浮木對他挑挑眉毛，「即使殘疾了，或變成噁心的物種，我也還是獵人。你記著，這是我第二次讓你進監獄。」

「噁心的物種」顯然指的是血族，這句話讓約翰無奈地聳聳肩。狼人警衛押走罵個不停的海頓，浮木也順從地被人類警衛帶走。

「地堡」大門從外一道道打開，趕來的獵人找到典獄長辦公室，把昏迷的羅素接走救治。約翰希望克拉斯回宿舍休息，克拉斯堅持要親自尋找天蛾人，哪怕是屍體。

「你真的很關心她。」約翰跟在他身後。

克拉斯停下腳步，帶著恍然大悟的表情回頭，「約翰，你是不是真的嫉妒了？」

「什麼？我？」

「被煙霧影響時，你問在我心裡你和其他生物有什麼區別。我突然想到，是不是你看到我一直在照顧她，所以覺得……我被這裡的犯人搶走了？」

約翰故作輕鬆地擺擺手，「不！我又不是幾歲的小女孩！」

「她在中年時曾頻繁襲擊露營者，搶東西，使很多人精神失常，」克拉斯說，「她的刑期很長，對人類來說那會是極為漫長的時光。你看過《刺激 1995》嗎？那裡面有個坐了一輩子牢、與世隔絕的老人，她就是那樣的。再過幾年她就要出獄了，暮年的她今後還有七十多年的時光……」

「等等！七十多年！」約翰非常驚訝，「簡直和人類的壽命也差不多了！」

「是啊，天蛾人的最高壽命有將近五百年，她是步入四百歲後被抓捕的，一直輾轉關押在各地的祕密機構，最近幾年才移到『地堡』來。我幫助她，是因為她身體孱弱，如果換了羅素先生，我也會去盡可能地照顧。約翰，在儲藏室裡我說的都是真的，你不是我的救助目標，你是……」

「我懂了，我懂……」約翰難為情地打斷他的話。

被霧氣弄得神經兮兮時，克拉斯的那些話讓他非常安心。現在他清醒了，要是再聽一遍，他會羞恥得像當眾脫光衣服一樣。

而且，當他這麼想的時候，他們身邊確實有一群光著身子的狼人警衛在滿地撿衣服。

克拉斯突然想起另一件事，「對了，你的追求者富豪呢？」

約翰這才想起一直沒看到富豪。他不得不先糾正克拉斯的用語：「他不是我的追求者，別開這種讓人難堪的玩笑。」

「你覺得自己只是協會的救助對象，我也有類似的疑問。」克拉斯走在前面，約翰看不到他的表情，「比如，我和普通的驅魔師有什麼區別？對身為黑暗生物的你而言，比起人類，是否另一個血族，甚至是狼人，更值得成為朋友呢？」

「克拉斯！我……」約翰知道克拉斯在開他的玩笑，因為克拉斯的語氣很輕鬆，像是故意說他聽，「你知道我是怎麼想的，別笑我了。我知道，剛才我遜斃了，像個害怕媽媽再婚的小孩……」

突然意識到這個比喻不太對勁，約翰趕緊閉上嘴，想了想，換另一句話接上，「我是說，富豪送的牙齒真的不是那個意思。雖然我確實不懂狼人的風俗。富豪做了很多牙齒項鍊，除了『順勢斬』還有什麼『培羅聖父』……」

「我知道，還有『印記城』、『焰擊術』、『精通先攻』、『亡靈歸亡』……」

「你怎麼知道？」而且還知道一些我沒見過的！約翰放慢了腳步。

克拉斯抬手指指四周，「你沒注意到嗎？遍地都是啊。」

正在撿個人物品的狼人守衛們坦蕩地和他們打招呼，然後繼續忙碌著。碎衣服和變形的鞋子附近，散落著不少狼牙項鍊。這些可不是他們自己的牙，因為上面幾乎都刻著《龍與地下城》中的術語。

約翰暗暗驚嘆著警衛長的刻字愛好，他追上克拉斯，「好吧，這至少說明他不是在效忠酋長或者訂婚……」

他差點撞在克拉斯身上，克拉斯在走廊轉角突然停下腳步，回頭做了個噤聲的手勢，指指轉角另一邊。約翰探出頭，看到一幅像極了電影鏡頭的畫面。

走廊因為曾發生戰鬥而狼狽不堪，地上散落著折斷的武器，牆上出現不少彈孔。燈壞了一大排，只有一盞還亮著。

燈光下，警衛長富豪還沒來得及穿上衣服，他單膝跪在地上，捧著一隻嬌小白嫩的腳，腳從沾血的雪白長袍裡伸出來，穿長袍的「少女」坐在雜物手推車上。她的腳底被碎玻璃刺傷了，富豪正托著她的腳幫她處理傷口。他抬起頭，對「少女」微笑，少女也對他回以甜美的笑容。

天使般的翅膀只剩下一隻，血染紅了她的身體，襯得她的皮膚和羽毛更加白皙。她的傷已經得到了緊急處理，身上纏著止血繃帶，顯得非常虛弱……且美麗。

她笑的時候只有嘴巴在動，眼睛沒有一絲變化。當然，因為她「頭顱」上的並不是真正的眼睛。

「謝謝你……」天蛾人的鎖骨和前胸有些發紅——這裡可是她真正的臉蛋。

「不客氣，還很疼嗎？」富豪溫柔地幫她包紮好腳，站起來檢查她的翅膀。

「我沒事了。真的謝謝你，你和克拉斯先生一樣，對我非常好，我簡直……我簡直不配得到這些。」她的聲音帶著哭腔。

「這不是妳的錯，妳是受害者。『巫師』真是太殘忍了……竟然這麼對妳。」富豪面帶痛苦，看著她瘦弱的身體和只剩一邊的翅膀。

天蛾人顫抖著說：「他們變成怪物，然後其中一隻吃掉了我的翅膀，他變得比旁邊的怪物更大、更凶惡……他們拖著我走了好久，又把我丟下，丟給其他怪物，我還以為我會死在那裡，幸好你來了……」

「沒事了，現在安全了。」

富豪猶豫了一下，伸出手輕輕把她摟進懷裡。

約翰和克拉斯無聲地對視，做著他們彼此能看懂的驚嘆表情。

「以後克拉斯他們會離開。妳可以放心，他走後，我會繼續照顧妳。」富豪把天蛾人抱起來，小心地避開她背後的傷口。

天蛾人怯生生地問：「警衛長，我……我還不知道你的名字。」

「叫我富豪吧。呃，當然，平時還是叫我警衛長比較好……對了，我有個東西想送給妳，是用換下來的狼牙做的項鍊……」

富豪像個古典騎士般，把她一路抱回了牢房，還送了她刻著「星界使徒」的牙齒掛鍊。

「你說，富豪知不知道她是天蛾人？」約翰悄悄問。

「肯定知道，他是這裡的警衛啊。」克拉斯說。

「那麼……他知不知道她的頭是擬態物，眼睛是肩上像紅寶石的東西？」

「我覺得他知道，」克拉斯同樣感到不可思議，「你沒發現嗎，剛才他半跪著說話時，眼睛沒有看她的面部，而是看著她的脖子一帶。他是在……直視她的眼睛。」

「不是說狼人畏懼被天蛾人直視嗎?!」

「這世界這麼大，也許有例外呢?也許因為富豪救了她，她也首次好好和這位警衛說話……算了，我也不能理解這是怎麼發生的。」

克拉斯伸展了一下手臂，既然找到了天蛾人，他決定回宿舍休息。「約翰，看到剛才的畫面，你終於不擔心她搶走我了?」

「你怎麼還在說這個！」

如果約翰是人類，現在一定會滿臉通紅，於是他回擊說：「你也放心了吧?終於不擔心我被狼人效忠或求婚了?」

克拉斯沒回答，一直在偷偷笑。約翰也被他感染得笑起來。

「克拉斯，明明一切都是羅素先生結束的，為什麼我卻這麼有成就感?」

「不知道。而且，我也有這樣的感覺。」

就像剛才富豪對天蛾人的猶豫一樣，約翰也遲疑了片刻，再伸手摟住克拉斯的肩，還稍稍用力地拍了幾下。

克拉斯也笑著摟住他，他們像兩個像剛結束球賽的年輕學生似的，穿過一群群扔在撿拾碎衣服的狼人。

無威脅群體庇護協會

羅素住進了重症加護病房。在他入院期間，約翰和克拉斯也結束了臨時警衛的工作，回到西灣市的協會辦公區。

克拉斯打算去探望羅素。羅素被發現多處血栓，還突發了心肌炎，並且還有仍待調查的電解質紊亂症狀……以及一堆克拉斯都沒記住的疾病。巫術對人的吞噬是清晰可見的，對於普通人來說，也許「靈魂顏色」之類的說法很難理解，而肉體的病痛卻是實實在在的。這些摧殘，靠法術與祈禱都無法復原。

羅素剛離開重症加護區，轉入普通病房。克拉斯到醫院的時候，有個四十歲上下的女性正在輕聲和羅素說話。護士們都以為她是羅素的妻子，克拉斯認識她，她叫貝拉，是獵魔人組織的高層負責人之一。

克拉斯也明白，除探視之外，她更是來審訊羅素的。不僅因為羅素使用了極危險的巫術，更因為他曾是奧術祕盟的成員。克拉斯回到協會後才聽說這一點。

多年前，羅素和獵魔人組織接觸，向他們提供情報。獵人們發現了隱祕的研究所和祭壇，二十五個祕盟成員中只有五個逃脫了，之後，羅素成為獵人的一員，繼續參與抓捕或處死這五人的行動。

獵魔人接受了羅素，但並不代表絕對信任他。所以，儘管貝拉已經從其他獵人口中得知了「地堡」內發生的一切，但她還是要來親自觀察羅素的態度。

克拉斯捧著一堆花，上面的掛簽寫的是「無威脅群體庇護協會，西灣市辦公區」。貝拉站起來和克拉斯握手，把花束插在花瓶裡，禮貌地離開病房。

繞過簾子，克拉斯發現羅素目不轉睛地盯著自己。「我知道你為什麼要來。」羅素示意他坐下。

克拉斯想找個禮貌些的措辭，羅素對他擺擺手，「讓我直說吧。那時我是想告訴你，你的靈魂能量太強了，我只是拿了一小塊，卻差點無法駕馭它。」

「怎麼可能呢？」克拉斯仍記得那時羅素的眼神——虛弱，且非常驚惶，「雖然不懂你的巫術，我也多少能猜到，你身體裡的黑蛇和『巫師』身邊的荊棘是同種原理的東西。你的法術改良得比他好，比他強大，但你一個人的靈魂支撐不住。所以你要拿一點別人的……」

躺著的羅素動作輕微地點頭，「當時屋裡有血族和狼人，他們的靈魂沒辦法用，我就想到了你的。當施法成功時我才感覺到你的靈魂不太一樣。我當時只是一心想盡快結束瓦爾特的生命而已……可是，力量膨脹了，我竟然殺光了全部的變異者……」

羅素露出不敢相信的表情，視線從克拉斯身上收回來，看著自己的手。

「不過，你也別緊張，」羅素又說，「我很確定你是人類，別擔心，如果你不是，那個巫術就不可能成功。靈魂過於強大不見得是壞事，可能只是因為你有真知者之眼。我之所以驚訝，是因為你讓我想起法師們以前的某項研究。」他指的是奧術祕盟的法師，「奧術祕盟早就七零八落了，這些施法者的祕密活動卻從未停止，你們協會應該也清楚這一點。」

克拉斯點點頭，羅素繼續說：「那專案我並不熟悉，我只知道他們失敗了。七個參與者有的死去，有的發狂，實驗體似乎也被毀壞了。具體細節我不清楚，法師們都很會保密。」

他深吸一口氣，微微閉著眼睛，似乎回憶起了很殘酷的畫面。

「發狂的那個人像你一樣擁有真知者之眼。我參加過善後行動，他在研究所裡大開殺戒，而且，他的法術是徹底失控的，就像我借用你的靈魂後，也差點難以控制自己的力量一樣。」

「後來……怎麼樣了？」

「他被殺了。後續如何我不清楚，我離開了那裡。克拉斯先生，其實祕盟的法師們一直相信『真知者』是特殊的，他們不僅是能看透偽裝，也許還藏著更大的潛力。當年我參與的事情印證了這一點，那天在監獄裡，我好像更相信是這樣了。」

克拉斯聽得很認真。而且，他聯想起了另一件事。「羅素先生，你還記得發狂的那個人是什麼樣子嗎？比如，他是黑髮藍眼嗎？」

羅素想了想，說：「我記得他確實是黑髮，比我的這種頭髮再稍微捲一點，不過……他沒有眼睛了。」

「沒有眼睛？」

「是的，他是真知者，在他攻擊我們時，有法師用法術燒熔了他的眼睛……我根本沒看清是什麼顏色。」羅素停下來觀察著克拉斯，問，「你怎麼了？協會在找一個黑髮藍眼的祕盟法師？」

克拉斯搖頭笑笑，「大概是我想得太多了。」

「是啊，不管你們要找的是誰，當年我遇到的那個人已經死了。他還很年輕呢。當然，那時我比他還要年輕，是二十幾年前的事了。」

「是這件事讓你決定離開奧術祕盟？」

「不，那時我仍留在他們之中，」羅素偏開眼神，下面將要說的話讓他有些不好意思，「也許你看不出，我曾經是個中學實驗室教師。我把工作當維生工具，研究古魔法與巫術才是生活重心。曾經我很滿足。後來……我還是決定向獵人們通風報信。並沒有什麼太特別的契機，我是漸漸改變想法的。」

在探視時間，病房樓下的花園裡傳來歡笑聲。因傷病住院的小孩子由父母陪伴著，好不容易才能出來透透氣。

羅素偏頭看著窗外。雖然空氣很溫暖，但他還是得裹緊被子，瘦削的側臉整個陷在枕頭裡。

「漸漸地，我已經不再在學校工作了，學校裡那些小孩也不算是我真正的學生。在奧術祕盟我才有真正的學生，比如瓦爾特，也就是『巫師』。但是……我和普通的孩子們相處了那麼久，我再也沒辦法做到把小孩綁在實驗臺上……」

克拉斯並不想問細節，他一點都不想知道。

「瓦爾特非常憎恨我，我能理解，」羅素苦笑著，「我不後悔逮捕他，也不後悔親自殺了他。唯一令我悔恨的是，當初是我讓他成為了巫師。」

克拉斯不再問沉重的話題，這些對羅素的身體沒好處。簡單談了談「地堡」和醫院的午餐後，克拉斯準備離開病房。臨走時他又被羅素叫住，羅素的聲音很虛弱，但每個字都像楔子般尖利。

「克拉斯先生，儘管尚無定論，還是請你務必對自己保持警惕。你也是法術研究者，應該懂我的意思。這就好像藥劑說明中的不良反應警示一樣……可能最終什麼都不會發生，也可能你會將身邊的人一起拖入地獄。」

克拉斯禮節性地回頭笑笑，走出去關上門。

他不知道該怎麼回答。他同樣早已感到疑慮，關於一直出現在協會視野裡的人，以及自己身上若有似無的祕密。它們也許永遠不會顯露危險，也許會在哪一天露出猙獰的面目。

這些東西他無法確認，卻又不能否定。

Unthreatening Creature
Protection Association

Chapter 13

四人遠足

▼
▼
▼

向車子走去時，克拉斯接到傑爾教官的電話。

「克拉斯，『擬真構裝體』那件事怎麼樣了？」

「我已經把它送回家了，」克拉斯邊說邊對車子裡的兀鷲招招手，兀鷲發動了汽車，「製作構裝體的人也在四處找它。真難以想像，會有人在超市丟失一個構裝體，就像是丟失小孩的那種案子似的……」

「確實很像。對了，今晚卡蘿琳和麗薩也會過來，有件事需要你們去調查。」

「好，今天約翰也會來的。」

「還有，兀鷲和海鳩在嗎？」傑爾教官問。

克拉斯已經坐進了車裡，他抬手為兀鷲施展暫時擁有人類面孔的法術，很奇怪為什麼傑爾教官會問及兀鷲。

傑爾教官接著說：「如果方便的話，晚上把兀鷲和海鳩也帶來吧。」

「什麼？他們並非協會成員，只是我私人的助手，他們也不具備處理超自然工作的能力……」

「我知道，別擔心，我不是要讓他們幫忙，」傑爾很清楚這兩個幽靈並不強大，克拉斯從不讓他們參與協會的工作，「阿特伍德先生來了，他也許會想見見他們。」

「原來如此。好吧，我轉告他們……」

克拉斯掛上電話後，兀鷲邊開車邊發出一串咕噥。和幽靈有契約的克拉斯能聽懂，他嘆口氣，「兀鷲先生，也許你不想見阿特伍德，別擔心，有我們在呢。」

兀鷲又是嘰嘰咕咕地說了一長串，看起來十分緊張。

克拉斯出現在辦公大樓門口時，約翰已經在大廳裡等著了。

「你不會是在等我吧？」克拉斯問。

其實約翰就是在等他。傍晚來到辦公大樓後，約翰先去停車場逛了一圈。憑血族的速度和視力，他很快就看遍了全部車輛，但沒看到克拉斯的車。約翰沒承認，他說只是巧合。

克拉斯沒再問下去，靠近他輕聲說：「過來，幫我個忙。」並把他拉到樓梯間裡。

從克拉斯身上浮現出兩個人影。海鳩和兀鷲一前一後鑽了出來。

「要上去得坐電梯，」克拉斯懇求地看著約翰，「他們兩位飄在外面會嚇到其他樓層的人。但是，如果他們兩個都附在我身上，我會一直很胸悶。你能不能幫我分擔一個？」

「兀鷲先生和海鳩女士？」約翰從未見過他們跑到協會辦公區來。兩個幽靈向他點頭致意。兀鷲像個紳士一樣鞠躬，海鳩則拎著白袍行屈膝禮。面孔呈灰白乾屍狀的他們一如既往地優雅有禮。

「可以當然是可以，只要他們能附身血族。」約翰從樓梯間向上瞭望，「不過，有這個必要嗎？我們就這麼上去吧。」

「上去？走二十九層樓梯？」

「當然，」約翰有點躍躍欲試的，「他們兩位可以飄浮，對吧？我來抱你走樓梯上去。二十九層而已，對血族而言不算什麼，甚至我可以不比電梯慢。反正你也一直很討厭坐電梯……」他向克拉斯的肩膀伸手，另一隻手打算去攬起他的腿。

克拉斯後退一步躲開了，「不！不能這樣！」

「呃，或者……背你也行。」約翰想，也許是抱著的姿勢太奇怪了……

克拉斯扶著額頭無力地笑著，「約翰，你想一想！樓梯間難道就沒有人了嗎？如果，某樓、某公司的普通人想去樓梯間和人聊天，或者講私人電話什麼的……推開門，他突然看到有個比電梯還快的人抱著另一個人跑過去，身邊還飄著兩個幽靈！你覺得他當時會是什麼感想？」

約翰恍然大悟，同時也暗暗失望。他以前就總是想這樣試試，看來是不行了。

「海鳩女士，你去約翰那裡吧。」隨著克拉斯的指令，海鳩飄向約翰，沒入了他的身體，兀鷲也回到了克拉斯身上。

坐電梯上去後，海鳩和兀鷲就離開了他們的身體。櫃檯的艾麗卡看到他們時，壓低聲音說：「克拉斯，那位已經到了。」她又對兩個幽靈點頭微笑，「你們不用打扮一下嗎？」

海鳩和兀鷲永遠是一個穿著白色長睡袍，一個穿燕尾服。除非克拉斯臨時用小幻術幫他們改變一下外貌。

海鳩說了一串話，克拉斯幫她翻譯：「用真實的模樣更親切。」

艾麗卡點點頭，「嗯，有道理。他們在小會議室，卡蘿琳和麗薩已經到了。」

兩個幽靈彼此對視了一下，海鳩挽住了兀鷲的手臂，一起飄到約翰和克拉斯的身後。

約翰小聲問：「他們兩個是在害怕嗎？怕卡蘿琳？」

「他們才不怕卡蘿琳。卡蘿琳最喜歡兀鷲做的貓咪拉花咖啡了。」克拉斯說著時，他們已經來到小會議室的門前。

門開著，像從前常常出現的畫面一樣：傑爾教官坐在最前面，麗薩在旁邊翻著記事本，卡蘿琳總是走來走去。屋裡還有一位「先生」，他身穿三件式的晨禮服，頭戴如今只能在魔術表演上看到的毛呢高禮帽，手裡還拿著紳士手杖。

就像海鳩與兀鷲一樣，他飄浮著，面部同樣是塌縮乾癟的灰白色，皮膚下骨骼的形狀清晰可見，整體顏色非常暗淡，像是一直站在陰影裡。

克拉斯先向幽靈先生介紹了約翰，再告訴約翰：「這位是阿特伍德先生，海鳩女士的父親，現在也是兀鷲先生的岳父。」

約翰吃驚地看著幽靈們。他吃驚的並不是這裡有三個幽靈，而是……原來克拉斯的兩位管家是夫妻。

海鳩說了句什麼，似乎是在和父親打招呼。別人聽不懂阿特伍德先生的回答，從神態能看出他在故作冷淡。

在各種鬧鬼的故事裡，能和人溝通的那種只能算虛無縹緲的「鬼魂」，而不是身為虛體生物的「幽靈」或「幽魂」。這其中的區別很微妙。總體來說，鬼魂只是死者憤怒或執念的體現，而幽靈之類卻已經算是另一種生命體了。

一般人聽不懂幽靈的聲音，只有與其有某種力量牽絆的人才能和他們對話。儘管他們講的並不是另一種語言。克拉斯能聽懂，因為他是與幽靈管家們有過契約的人。

在克拉斯來之前，辦公區沒人知道阿特伍德到底要說什麼，只能大致看出他似乎想求助或提供某些線索。

「克拉斯，翻譯一下……」傑爾教官低聲提醒。幽靈們自顧自地聊著，甚至還有要吵起來的趨勢。

「『我來這裡並不是為了和您吵架！』海鳩女士說。」

「『我也是，孩子。但我沒叫妳帶那位來！妳應該知道，我一看到他就心臟絞痛！』阿特伍德先生說。」不用克拉斯解釋大家也能看出，「那位」指的是兀鷲。

「『我們早就死了！哪有什麼心絞痛！』海鳩女士說。」

「『我渾身都絞痛！我說了多少次？我只是不想見到他而已！』阿特伍德先生說。」

克拉斯認真地翻譯著。他聲音不大，幾乎沒影響幽靈們的正常吵架，看起來就像首腦開會時的隨身翻譯。

「然後阿特伍德先生又說，『我退讓了無數次！我甚至默許妳和這個男人在一起，難道妳就不能考慮一下我的心情？我只是不想見到他而已……』」

「海鳩女士回答的是，『我知道，父親，可是事情已經過去快兩百年了，難道您還是不能接受他嗎？』」

「『他是我永遠不想看到的人！』」

克拉斯停下同步口譯，困惑地左右看看同事們：「給他們點隱私好不好？我覺得他們需要先吵個痛快……」

聽到這句話，阿特伍德一臉歉意（也只有克拉斯看得懂他的表情）地向人類們道歉：「抱歉，真是慚愧，一涉及前事我就非常容易激動，我不該這麼失禮的。呃，我家的事情就放一放，這次我來協會，是為了某件很恐怖的事情。」

「別在意，我能理解。」對話中，大家只能聽懂克拉斯發言的部分，「關於什麼？我替您向大家轉述。」

阿特伍德點點頭，還不忘瞪了默默站在角落的兀鷲一眼。

「老宅那邊出了點事情。家裡鬧鬼鬧了一兩百年，從沒什麼大亂子，這次……出命案了。請用你們常用的那個東西搜索一下老宅的地址，你們會看到新聞。」

他指的是電腦、網路。克拉斯照做了，並把筆記型電腦連上投影機，讓螢幕上的新聞能被大家看清。

「老宅」就是指阿特伍德先生一家生前居住的宅邸，屋子是從十八世紀留傳下來的。幾十年前老宅曾充當過軍隊醫院，戰後被再次廢棄，有人嘗試過把它改造成博物館什麼的，卻屢屢因為恐怖事件而失敗。現在，那地方被譽為最恐怖的真實鬼屋之一，有無數人曾在屋內有遇鬼體驗。

當然，那裡本來就有鬼，阿特伍德和他的夫人一直在那裡，近百年來他們還接收了一些無處可去的幽靈，住進去了七八個。

娛樂電視臺去老宅做過專題節目，外國的媒體也報導過它，平時還總有些年輕人去拍照，比試膽量。附近的林頓鎮非常維護這間鬼屋，不允許開發商打它地皮的主意，因為它能給小鎮的汽車旅店和餐館帶來客流，甚至鎮裡的人還以此為主題做了不少驅邪或詛咒物品，像模像樣的，很多人都會買些帶走。

一般人來探險時都是住在林頓鎮，也有些膽子大的年輕人會直接宿營在屋裡。每年都有好幾批這樣的人。可就在前不久，有對情侶一睡不醒，死在了房子裡。

當晚，幽靈們跑到林頓鎮拚命騷擾居民，希望引起他們的注意。老宅的幽靈不像海鳩和兀鷲經過法術改造，他們不能碰觸到物體，無法親自替遇難者急救。

死者幾天後才被發現。他們躺在某間臥室內，身體沒有外傷，面目十分猙獰。

鬼魂們害怕了，不希望再有人死去。可事與願違，這麼一來大家更堅信是冤魂作祟，更多人跑到林頓鎮希望一睹鬼屋風采。最近老宅的幽靈們一直很忙，他們得不停把想去鬼屋住宿的人嚇走，讓他們無法整夜留在房子裡。

「為什麼幽靈們能離開屋子？」約翰小聲問克拉斯。

「他們不是傳統意義上只能呆在屋裡的『鬼』，我說過了，他們是幽靈，一些人還叫他們幽魂、幽影什麼的。」

儘管克拉斯解釋了，約翰還是不太懂。培訓期考試沒有考過關於鬼魂的部分。總之，約翰至少知道阿特伍德他們能離開房子。

「那對死去的情侶呢？」約翰又問，「他們的鬼魂應該也在那裡吧，問他們不就好了？」

傑爾教官和麗薩都一臉吃驚地看著約翰，又看看克拉斯，表情彷彿在問「你都教了他些什麼」。

克拉斯嘆口氣，「關於死者怎麼才能變成幽靈的條件和公式，你不記得了？」

約翰沒回答，他就是不記得了。協會收藏了很多關於黑暗生物的書籍，猛一看去讓人好奇心大增，但只要你真去閱讀，就會發現它們其實枯燥又深奧，裡面都是些晦澀、嚴謹的東西，遠不及《世界未解之謎大全》那類書籍有趣。

「總之，並不是每個人死後都會變成鬼魂，」克拉斯說，「甚至可以說，『變成鬼魂』才是少數情況，它可能會集中爆發，也可能很久都沒有一件發生。就好像，很多人都被搶劫過，而沒有遭遇過搶劫的人才是多數。」

「我懂了，就像遭到吸血鬼襲擊並不一定會死一樣。」

「也可以這麼理解，比這個的條件還要嚴格點。」

阿特伍德先生嗽了嗽已經乾癟的嗓子，「我所講的事情還沒有完。實際上，在那對年輕情侶之後還有死者。」

「還有？」克拉斯看看電腦螢幕上的報導，「還有別的新聞嗎？這些天我還沒聽說過……」

「不是遊客，是驅魔師。先後來過兩批人，總共五個，都死在了屋子裡……他們的同伴處理了善後，沒有報案。我不清楚他們是哪個機構的，或者是自發的？當初，我聽說他們打算來查這件事，就讓他們進屋了。」

鬼魂歡迎驅魔師進屋調查，這還真是奇怪的場面。約翰暗暗想。

「他們看上去很專業。聽了細節後，他們留下來過夜。第一次來的驅魔師像那對情侶一樣，再也沒有醒過來，第二次來的驅魔師三人一起行動，留了一個人守夜，但他竟然也睡著了。恐怖的是，當這一切發生時，屋子裡的其他幽靈什麼都不知道！」

「不知道？你們沒有穿牆進去看看情況嗎？」克拉斯問。

「很難說清那是什麼感覺，」阿特伍德以手撫胸，他生前也喜歡做這個「我的心臟不好」的動作，「就是……我們好像什麼都意識不到，想不起來。等回過神來，已經到了第二天。就算一開始就留在驅魔師們身邊，最終我們也會渾渾噩噩地離開，完全不知道發生了什麼。就像有人把我們的感覺遮蔽了。」

克拉斯把阿特伍德說的都轉述出來。麗薩聽完後，思考著說：「要遮蔽幽靈一點都不難，更強大的幽靈就能做到。畢竟幽靈是非常多樣化的東西，他們的強弱之差、能力之別，常常懸殊得令人吃驚。」

卡蘿琳目光閃亮地看著傑爾教官，「這次協會能不能批准直接殺了它？我是說凶手。」

「妳連它是什麼都還不知道……」傑爾教官提醒她。

「反正我們也要去見它。」金髮女孩笑得像要和新男友約會一樣甜美，「真期待啊，我上次殺不死生物還是一年前呢……」

在場的三個幽靈都閃爍了一下……用人類的動作比喻，應該是顫抖了一下吧。約翰非常理解他們此時的心情。

這次克拉斯與約翰、麗薩和卡蘿琳將四個人一起前往老宅。卡蘿琳不常參與關於幽靈的案子，而麗薩是非常擅長對付各類黑暗生物的驅魔師，作為搭檔，卡蘿琳這次會一起行動。

「我們坐卡蘿琳的車去，」離開大廈時，克拉斯對兀鷲說，兀鷲從他身體裡浮出半個頭，「林頓鎮稍微有點遠，就不用你開車了。我的法術沒辦法一直偽裝你，萬一有路過的司機看到你的臉就糟糕了。」

「而且阿特伍德先生也不希望我去。」兀鷲苦笑著。

在別人聽來，兀鷲的言語只是含意不明的一串發音。不過，從海鳩飄過去安慰他的模樣看，倒也能猜出大致意思。約翰非常好奇這三個幽靈間的恩怨。看起來似乎挺簡單的：無非是父親不允許女兒和她的戀人來往什麼的……可是，照他們的意思說，都過去快要兩百年了，阿特伍德竟然還這麼排斥兀鷲。

他們三個難道是一起死的？可是看起來他們在生前還不是一家人……當著兀鷲和海鳩的面，約翰不好意思問，畢竟兀鷲能聽懂他的語言。問幽靈的死因很失禮。約翰決定等出發後再問，幽靈管家那時就不在克拉斯身邊了。

第二天清晨出發，兀鷲送克拉斯去接約翰，然後去卡蘿琳和麗薩租住的公寓附近匯合。卡蘿琳帶了一大堆東西，一個旅行包和一個行李箱，像要度假似的。箱子看起來有點過於沉重，約翰很清楚那不是度假用品，而是各種武器。

「妳穿的這是什麼……」克拉斯表情僵硬地看著她。她身邊的麗薩一臉陰沉，像是沒睡醒，丟下一句「我勸不了她」就先鑽進副駕駛座睡覺了。

卡蘿琳把金髮梳成了兩條辮子，穿著一身……藍黑色水手服。就像某些東方國家的女孩校服一樣。不過這身肯定不是真的校服，沒有校服會露出一截肚子。

「你不覺得很像嗎？」卡蘿琳微笑著，單手插腰昂頭。

「像什麼……？」

她一臉憧憬地說：「說不定我們需要在夢境中和敵人戰鬥，我覺得很像《殺客同萌》……」

「我看過那個，」約翰站在清晨房屋的陰影裡，「這身很像叫『洋娃娃』的那個女孩……」

卡蘿琳猛點頭：「對！就是她！你真是個好吸血鬼！」她跑到前座去發動車子，興奮地嘰嘰喳喳。試圖多睡一會的麗薩掏出兩個耳塞戴上。

兀鷲獨自開車回去，克拉斯和約翰坐上卡蘿琳的車後座。兩側的玻璃都貼了遮光層，協會人員的車經常有黑暗生物乘坐，所以通常都有這種準備。卡蘿琳似乎非常享受清晨車子還不多時的路況，邊開車邊哼歌，雖然沒人聽得出她到底哼的是什麼。

「實際上，也許並不像《殺客同萌》。」約翰對身邊的克拉斯說。

克拉斯奇怪地看著他，「當然不像！我們兩個是男的。」

「我是說怪物的部分。這件事更像《半夜鬼上床》，就是二〇一〇年的那部電影，主角們只要睡著就會被一個人追殺……」

「好吧，我該去補恐怖片了，」克拉斯靠在座椅上，從電腦包裡掏出一本書，「而你也補充一下關於幽靈的知識怎麼樣？反正你不會暈車。」

約翰接過書翻了翻，連半個字母都看不進去。可能是因為卡蘿琳的輕鬆態度，現在他們太像是準備去度假了，路上看書顯得很無趣。

「對了，說到幽靈，」於是，他決定問問一直好奇的事，「兀鷲和阿特伍德先生……」

「事情是這樣的！先生，那是個悲劇啊！」

顫抖的蒼老聲音響起來，就在約翰耳邊。約翰驚叫一聲緊貼在車門上。

阿特伍德從靠背上露出一點身子，像個浮雕一樣。令人驚奇的是，現在所有人都能聽懂他說的話了！

麗薩閉著眼擺擺手，「哦，是我幹的。我在他的喉嚨放了法器，這樣方便一點，不然之後總是要等克拉斯翻譯。」

「謝謝你，麗薩，」克拉斯觀察著老幽靈的喉結，灰暗的皮膚下，有光點若隱若現，「他的聲音真清楚。」

「原來還能這樣！」約翰倍感驚奇，「克拉斯，你可以也幫你的管家……」

「如果沒有太大的必要，我就不弄這個了，」克拉斯撇撇嘴，「約翰，你知道這法術需要什麼法器嗎？」

約翰當然不知道。克拉斯指指幽靈嗓子裡的光點，把約翰手裡的書翻到某一頁，指著上面的法術標注，「需要用一顆至少六十分以上的鑽石。」

還沒等約翰表示什麼，卡蘿琳得意洋洋地插嘴：「這不算什麼，麗薩還有一對比這大的耳環呢。還有，我的車是她買的，她的信用卡副卡在我的……」

「我要睡一會！」麗薩用力把耳塞又往裡壓了壓。

「讓我告訴你們這個悲劇吧……」阿特伍德還在執著於上個話題，不過體貼地放低了音量。

約翰感到好奇的，第一是幽靈們的關係，第二是他們的名字。「阿特伍德」是個普通姓氏，可是「兀鷲」和「海鳩」卻根本不是人名。多虧阿特伍德太強烈的訴苦欲望，以及克拉斯帶來的書。這一路上，他的疑惑都得到了解釋。

「兀鷲」和「海鳩」當然不是名字。幽靈、鬼魂等等會被生前的名字束縛，尤其是個人名和教名。所以他們現在根本不使用名字，連阿特伍德先生也只用姓氏介紹自己。

阿特伍德是海鳩的父親，這一點顯而易見。阿特伍德很討厭兀鷲，兀鷲一直徘徊在老宅外面，阿特伍德不允許他進去。

幾年前，克拉斯因為一些事去過林頓鎮附近，並認識了阿特伍德一家。那次海鳩差點被一個驅魔師誤殺，是克拉斯救了她，並且用契約讓她恢復健康。她借此機會離開老宅，成為克拉斯的女管家。不久後，兀鷲也跟著去了，從此這對幽靈戀人終於能朝夕相處了。

「我默許了，我不希望她傷心！」阿特伍德越說越難過，再次擺出心臟不適的姿勢，「可是我仍在怨恨兀鷲，是的，我很頑固，因為我死了啊！本來死人就是很頑固！」

「他做了什麼？」約翰盡可能縮到一邊去，一方面是躲避陽光，另一方面是讓出空間給阿特伍德。雖然幽靈老人不需要空位，而且手臂總有一部分是和他重疊的。

「很多！很多！他做的每一件事都讓我憤怒！」幽靈的眼睛開始冒出青色火苗，看來他確實很生氣，「以前我曾以為他是個很好的年輕人，沒想到，他竟然教唆、拐走我的女兒！」

「呃？不是海鳩女士自己決定離開的嗎？」

「我指的是她生前！」老人的肩膀顫抖著，做出往後靠的姿勢，身體沒入靠背裡，「如果不是他……我的女兒就不會年紀輕輕地死去。她會活下去，去外國或者什麼地方，和很好的小伙子結婚，參加舞會，享受生活，一直到很老才變成幽靈……」

聽到這些，克拉斯做出輕拍幽靈後背的姿勢，手停在他身體輪廓的邊緣。

「兀鷲也一直在責怪自己。先生，別太苛責他，要知道，當初海鳩做出那樣的選擇，並非因為兀鷲，而是因為她愛你們。」

約翰用「到底發生什麼了」的眼神看著克拉斯。經過老人點頭默許，克拉斯說：「阿特伍德先生一家有五口人，分別是他和他夫人，他的老母親，以及女兒海鳩女士和小兒子克勞德。順帶一提，克勞德死的時候只有不到兩歲，他沒變成幽靈，他已經不存在了。而兀鷲先生是他們家的第二任管家。他們……死於一場殘忍的謀殺。」

阿特伍德自己接著說下去：「我曾是個生意人，因為一些不能妥協的事情，我算是惹到了別人，而且是我不該惹的人。我永遠忘不了那天晚上……那些暴徒闖進來，連不到兩歲的克勞德都沒放過。我的女兒當時遠在她表姐家，逃過了這次屠殺，可是兀鷲……我那個看似忠誠的管家！他竟然幫助她復仇！」

「我能說『幹得好』嗎？」開車的卡蘿琳插嘴。

阿特伍德顯然不認同她，但又多少有點害怕這女孩，就沒敢反駁。他碎念著繼續說：

「她本可以躲過的，甚至，她有機會逃到另一個國家去。如果當時我有力量，我不會允許她回來，可是……克拉斯先生你知道的，變成幽靈是個很長的過程，那時我還什麼都感覺不到，甚至想不起自己是誰，只是莫名其妙地存在於屋子裡，根本離不開……」

「嗯，那時你還只是個靈魂。」克拉斯說。

「作為管家，兀鷲和我們一起被殺死了。他是第一個變成幽靈的。他去見了海鳩，在我們的葬禮上！聽說，我可憐的女兒都不敢露面，只能遠遠地看我們下葬。雇凶的人並不好惹，我的女兒也沒有證據，於是，兀鷲留在她身邊，教唆她尋找主使者。他們成功了，她把共謀的凶手們一個個殺死……」

約翰似乎想起了什麼：「先生，難道海鳩她的名字叫……呃，我就不說出來了，」收到克拉斯提醒的眼神，他把女幽靈的名字吞了回去，「我好像記得這麼一件事，有人接連被殺，大商人和他的兒子……好像還有幾個僕從。後來殺手被抓住了，是個裝扮成男人的女孩……」

「是的，就是這件事。」阿特伍德嘆口氣，「沒有證據能證明那些人雇凶謀殺我們一家，可我的女兒去復仇時卻被人抓住了，」他捂著臉，似乎嗚嗚地哭了起來，「他們對她施以絞刑……我沒有看到那場面，難以想像她曾經歷了什麼！」

「先生，也許您不相信……」約翰抓抓頭髮，暗暗感慨這巧合，「我可能……算是見到那個場面了。」

不僅老幽靈，連克拉斯都驚訝地看著他。卡蘿琳看著後照鏡吹了聲口哨，只有麗薩似乎塞著耳塞徹底睡著了，毫無反應。

「那時我大概十幾歲……我是說真正的十幾歲，不是被轉化後的，」約翰說，「我記得這件事很轟動，那年代的女人們穿著長裙打著陽傘，別說報仇，多站一會就要暈倒了，可是她卻一連殺了那麼多人。」

「她……她在死前受過折磨嗎？」老幽靈戰戰兢兢地問，「她不肯告訴我，這麼多年了她都不肯告訴我。」

「其實我沒怎麼看清她的樣子。讓我印象最深的是，她在被行刑前喊了『別擔心，死亡能讓我和你們在一起』這麼一句話。當時大家都在議論這個。甚至有人傳言說，劊子手親眼看到她帶著笑容走向絞繩套……」

老幽靈閃爍得更厲害了，顏色時深時淺，彷彿人類悲傷地顫抖著。他含糊地說著「失陪」，然後鑽到了人們看不到的地方……大概是後車箱裡。

克拉斯的表情也有點複雜。他看著前方，像是在發呆，又像在思考著什麼。

「約翰，我以前都沒怎麼感覺到過……」過了一會，他說。

「感覺到什麼？」

「就是……明確地感覺到，你活了這麼久，見過我們誰都沒經歷過的年代……你平時不怎麼給人這種感覺。」

克拉斯仍記得向約翰拿出協會的表格那時：在客廳裡，也是現在的四個人坐在一起，當初約翰像被黑幫綁架的上班族一樣不安，完全沒有人們印象中的血族氣質。

「其實我的生活範圍很小，也沒真的經歷過什麼。」約翰有點不好意思。

「你知道嗎，史密斯也活了很久，」克拉斯把手肘撐在車窗邊，手托著頭，「他平時確實不像黑暗生物，那只是因為他偽裝得很好。一旦卸去偽裝，他經歷過的事讓總我吃驚。不過，你身邊一直沒有這種氣氛，先不說其他黑暗生物，你和我以前打過交道的血族都非常不同。我覺得有點奇妙。」

後車門上的玻璃窗是黑色的，比墨鏡更不透光，克拉斯還是一直看著窗外。

「剛才，我好像是第一次感受到你是個吸血鬼……」克拉斯感嘆著。

約翰一時不知回答什麼。此類話題或思考，總是會帶給他莫名的焦慮感，就像從金普林爵士的莊園離開時一樣。

好在，剛才克拉斯說的話存在一個有趣的漏洞，能讓發言變得有趣起來。約翰伸出手指，碰了碰克拉斯因歪著頭而露出的脖子。

「我想，這應該不是你第一次『感受』到我是吸血鬼吧。」他沒敢直視克拉斯，只是故作輕鬆地笑著。

「好吧……確實不是第一次。」

於是，克拉斯故意用聽起來有點曖昧的措辭回擊：「嗯，我覺得那次還不錯，你很小心，就是不太主動而已。你呢？你感覺如何？」

約翰很後悔自己用了那種語氣開玩笑。現在他頭痛般地單手捂著眼睛。

「你們兩個適可而止吧，」卡蘿琳忍不住大叫，「我差點把口香糖吞下去！克拉斯，你這個人真是沒救了，你先是和現任提起前妻，然後又當著兩個女孩的面說你和約翰『第一次』的感想……」

「那確實是我『第一次』——被吸血啊。」克拉斯好笑地看著約翰的表情。

卡蘿琳嚷著：「照你這麼說，我都被吸血鬼咬過七次了！七次！我還被狼人和深淵蟻咬過！我都沒辦法正視自己的人生了！」

「咬過妳的吸血鬼沒有一個還活著的，」克拉斯想了想，「也許伯頓算半死不活……」

……這種情況下，通常不會再糾纏上一個話題了吧。約翰暗自慶幸。

克拉斯的用語太讓人想入非非，以至於約翰回憶起來的竟然不是鮮血的味道（他認為也可能是因為現在他不餓），而是克拉斯頸部皮膚的觸感。細膩而溫暖，因當時的情形而帶著一層薄汗，喉結在皮膚下顫動，敞開的襯衫領子下，鎖骨線條若隱若現……

在尖牙刺破皮膚前，首先是嘴唇輕覆在頸邊，當時克拉斯的體溫比平時還要高點，雙手緊緊抓著進食者的衣服……

想到這裡，約翰伸手拉來一塊遮光毯，蓋住自己全身。

「你怎麼了？」

「我也想睡一會，血族本來就應該白天休息。」

約翰藏在遮光毯下睜著眼，努力讓腦袋放空。剛才他感覺到眼珠有點發熱。吸血鬼在激動起來、眼珠變紅前，經常會出現眼睛發熱的前兆，約翰很擔心自己在卡蘿琳和麗薩面前失態，如果只是被克拉斯一個人看到倒還沒什麼。

他剛平靜下來，克拉斯突然靠近他，幾乎整個身體都貼過來，伸手到他頸側摸索著什麼。

「怎麼了！」約翰從遮光毯裡露出臉。

「幫你繫安全帶……」克拉斯很意外地看著他，「你不是要睡覺嗎？血族不需要進入睡眠的過程，你們想休眠時，應該能立刻進入休眠的。」

「我剛才……回憶了一點書上的東西。」約翰撒著謊，感覺自己像個小學生。他自己繫好安全帶，再次蓋上遮光毯。

「對了，謝謝。」他從毯子裡說。

「不用謝，以前我在車上睡著時，你也常幫我繫安全帶。」克拉斯回答。

約翰聽到克拉斯也扯出了安全帶，扣好，衣服摩擦著座椅，尋找更放鬆的姿勢。以前他確實不只一次幫睡著的克拉斯繫安全帶。他會把整個身子靠過去，距離黑髮人類青年的臉那麼近。約翰還以為克拉斯不知道，現在他才想起來，人類的睡眠有時很淺，不像血族一樣休眠時毫無反應，人類可以在昏昏沉沉中知道身邊的事。

在血族的聽覺中，克拉斯的呼吸變得越來越均勻，看來他也要睡一會了。卡蘿琳抱怨著三個全都在睡覺的同事，發洩般用力踩下油門。

林頓鎮裡的餐館通常還會販賣防詛咒物品，咖啡外送站兼售探知鬼怪的小鈴鐺。最暢銷的，要數鎮裡人自己印製的《如何安全地與靈魂溝通》印刷品指南，上面圖文並茂，內容基本上都是胡說八道。

鎮裡的治安官也住過阿特伍德老宅，當然，是在很久以前。現在他的經驗成了十分權威的東西，經轉述過的版本比他遇見的要恐怖很多倍。治安官總是一副「我不想多談這個」的態度，但又不忘偶爾加點「總之千萬不要做某某事，我只能提醒你到這裡了」的欲語還休的小提示，讓人更覺得真實。

日落前，協會的四個人到達小鎮，約翰留在車裡，三個人類去吃東西。除他們之外還有幾個想去鬼屋的年輕人，那些人光是和餐館牆上的恐怖照片合影就花了好久時間，還認真詢問服務生如何使用防附身的白臘木球鑰匙扣。

「沒關係，他們不會留宿的，」麗薩吸著飲料低聲說，「幽靈們會想辦法讓他們離開的。對了，卡蘿琳妳應該回車上睡一下，妳今天開了一天的車。」

「我沒事！」卡蘿琳兩眼放光，看起來確實一點都不睏，「最睏的時候過去了，我現在興奮得要命。」

「睏點也沒什麼不好，我們本來就是去睡覺的。」克拉斯說。

「準確地說是我們三個睡，」麗薩說，「晚上約翰可以守夜。血族本來就是夜間活動，他不用睡，正好可以醒著保護我們。」

吃完飯，他們花了大約二十分鐘就找到了阿特伍德老宅。鎮裡的普通遊客還沒來，

無威脅群體庇護協會

屋子在黃昏中投下龐大的影子，像人類面前的巨獸一般。

幾個昏暗的形體從陰影裡飄出來，和阿特伍德打招呼。

他們是一直寄住在這裡的幽靈。幽靈不像鬼魂，不一定要依託於某個地點，甚至有些幽靈終日漂泊。他們是區別於血肉之軀的另一種生命物體，同樣擁有情感意識，他們也願意有個像家的居住地。

走進大門，阿特伍德的妻子飄出來擁抱丈夫，對克拉斯和他的同事們行屈膝禮。她穿著室內便裝長裙，脖子上有一副掛鍊金框眼鏡，儘管皮肉已晦暗如枯骨，仍讓人隱隱猜測她生前是個知性溫和的女人。她給自己取的稱呼叫「冬青」，克拉斯一直叫她冬青夫人。

克拉斯為同事們介紹屋子裡的其他幽靈：

顏色特別深的那位是阿特伍德先生的母親，死後她終於擺脫了關節病，可以自由地飄來飄去，現在大家都稱她為「祖母」；體型最巨大的是「迷霧」，他在老宅住了快一百年了，身體大到能擋住走廊的光線，讓人覺得面前有一枚古墓裡的巨石；最嬌小的是「安安」，她是從公路上來的，住下後也經常去鎮上遊蕩，總能給大家講解現在年輕人流行的東西。

還有不少都是死得較晚、不太穩定、總是閃爍的幽靈。他們很怕驅魔師，躲在別的房間不肯出來，或是偷偷從天花板冒出來半個頭打招呼，之後再次縮回去。

「真讓人吃驚，他們也太明顯了，」約翰打量著巨大的迷霧先生，「來這裡參觀的人明明可以很清楚地看到他們啊。」

「幽靈就是很顯眼，」克拉斯指指大廳餐桌下的角落，「相比之下，鬼魂反倒不容易發現。比如那裡就有個鬼魂，一動也不動。除了幽靈和我，大概你們都看不見吧。」

約翰確實看不見。卡蘿琳好奇地鑽進桌子下，又被麗薩拖了出來。

「幽靈能做到很多事，相對的，也更顯眼，」克拉斯說，「那種『明明在你身邊你卻看不見』的東西是鬼魂。有的鬼魂很希望被看到，可人們就是看不到。幽靈就自由多了，他們可以躲在任何物體裡，或者藏在有影子的地方，一旦他們想讓你看見，你就能看見。」

「我懂了，你的《化為光》裡講的是鬼魂。」約翰提起克拉斯寫的一個短篇。當初他冒充雜誌編輯時，還發過一封郵件給克拉斯，寫的就是關於這篇小說的心得。

「但不是真實的鬼魂，那篇都是胡說的。卡蘿琳，妳別嚇她了，她一直在抖！」克拉斯轉向金髮女孩。卡蘿琳一直蹲在桌邊把玩著稜形黑鐵破甲錐，桌子下面的鬼魂努力地想鑽回地下。

「客人們，請跟我來，」阿特伍德飄過來，「等會有幾個普通探險者會來老宅，為避免他們給你們添麻煩，請隨我到地下室來，你們可以暫作休息。」

地下室有點像金普林爵士莊園裡的那種，但比他的小多了。入口被書櫃擋住，一般的探險者難以發現。書櫃背面本來有滑軌，它鏽蝕得太嚴重，基本上已經滑不動了。平時幽靈們直接穿行，現在則得由約翰把書架移開。

通常地下室不僅用作收藏重要財產，更是當作防止襲擊的避難處。只可惜當年的悲劇發生得太快，殺手們根本沒給這家人做準備的機會。

「他們的車子快到了，我們要準備去嚇人了。」老幽靈夫妻對克拉斯點頭致意，「這裡有點潮溼，真抱歉，如果有什麼需要……我猜也沒什麼需要，克拉斯先生你可以小聲叫我的本名，不管多遠，我們都能聽到別人呼喚本名的。」

卡蘿琳提著攜帶式照明燈環視這間暗室。老宅沒有電路，所以他們準備了充電一次能照亮幾十個小時的戶外用燈。

「我猜，這間地下室是他們自己挖的，」幽靈們都飄出去後，約翰說，「我見過類似這種結構的大屋子，地下室入口通常在前廳外走廊盡頭的樓梯後，而不是書房或任何獨立房間裡。更古老些的小城堡才有房間內的地下室入口，通常是為了防止刺殺……比如金普林爵士家那種。」

「你以前常常出入這種屋子？」克拉斯問。

「是的，我小時候的學校和這裡很像，好像年代差不多的房子經常結構相似。這裡的儲藏室應該也在前廳的外走廊盡頭。」約翰露出懷念的笑容，儘管他已經記不太清楚在學校裡的細節了。

「看來他們生前很有錢。」約翰觀察著地下室的擺設，這裡面積夠大，被布置成起居室，即使只是臨時進來躲藏也不會覺得狹窄逼仄。櫃子裡有茶具和各種瓶瓶罐罐，桌子和沙發上蒙著防塵罩，連露出來的一小截桌腿都雕飾著精緻的紋樣。

「以前他們是挺富有，」克拉斯指指櫃子上的燭臺，「看那個，它上面鑲著金線和紅寶石，金線是真的黃金，細節都是手工製作而成。據我所知，他家以前在東南亞有種植園，還參與過熱帶的採礦生意。這間老宅裡值錢的東西應該不少，這麼多年了，應該幾乎都被人拿走了吧……除了地下室裡的一些。」

「黑月家也有地下室，」卡蘿琳趕緊放下手裡的燭臺，讓它回到另一個燭臺身邊，剛才她正像用劍一樣地揮動它，「我沒去過，只是聽說過。聽說黑月家的老房子是個古堡，他們的地下室不能算是地下室，根本是個地牢，那種分好多層的地牢。十八世紀以前，他們家的祖先還在那裡折磨囚犯……」

麗薩正在擦眼鏡，瞇著眼睛看向她：「我們沒折磨過囚犯。根據記載，那些並不是人。」

「不是人也是囚犯啊！哦，妳沒否認妳家有地牢！對了，不僅地牢，其實黑月家也有種植園和熱帶的礦石生意，還有些我也不懂的……他們每個人都有股權……」

「……夠了。克拉斯知道這些，不用再重複說了。」

「可是約翰不知道啊！」卡蘿琳理所當然地說，「我總是特別替妳自豪。妳不自豪嗎？」

「那是我的股權，妳到底在自豪什麼啊？」

約翰和克拉斯相視笑笑，卡蘿琳平時看起來並不可怕，就像普通年輕女孩一樣，喜歡電影、購物，會因為有優秀的朋友而沾沾自喜。實際上她是協會中年齡最小的工作人員之一，還差幾個月才到二十歲。她的父母死於黑暗生物的襲擊，她從小被協會成員輪流養育長大，從沒有申請過大學，是個徹頭徹尾的獵人。

也許正因為如此，有時，她的直線思維相當重要。

「剛才我是想說，你們不覺得奇怪嗎？」卡蘿琳踱來踱去，「黑月家也就算了，阿特伍德家又不是古魔法世家，他們有普通的地下室、儲藏室還不夠嗎？為什麼還要在書房挖其他地下室？」

「也許是因為害怕入室搶劫？」約翰說，「這裡有很多書架，也許是放貴重物品的。」

「一看就知道你沒見過什麼『貴重』物品，」卡蘿琳對他挑挑眉毛，「我不認為值錢的東西會被放在書架上，哪怕是在地下室。比如麗薩，她會把路希恩送她的火歐珀放在首飾盒裡，古董手表收在我都找不到的地方，打扮成『凱蘭崔爾夫人[4]』的人偶放在防塵罩裡……」

克拉斯走到書桌前，「古董家具和小擺設拿到現在確實值些錢，但在當年還不至於需要這麼嚴密的保護。這間暗室沒有遊客來過，可這裡卻沒有留下什麼『值錢的東西』。所以，我不認為這裡是用來收納貴重物品的。這間地下室的入口在書房裡，而這裡……似乎也是個書房。」

約翰想了想，問：「克拉斯，幽靈和鬼魂看得見霧化的血族嗎？」

「通常看不見，因為你是煙塵，不是靈體……你要霧化嗎？」

4 凱蘭崔爾（Galadriel），奇幻小說《魔戒》中的精靈女王。

約翰點點頭：「雖然說不清為什麼……我想去看看他們有沒有其他密室或地下室入口。」

他的身體變成和空氣一樣顏色的氣體，順著出入口的縫隙飄出去。之前克拉斯大致為他說明了老宅的房間分布，他飄出書房，順著走廊來到大廳的樓梯邊。

地下室裡，麗薩在沙發上鋪好塑膠布，坐下來思考。

「克拉斯，我有個模糊的想法，」她說，「也許搞清楚阿特伍德家以前的事很重要。據我所知，他們富有，但並沒有富到無人不知的地步，他們為什麼需要在屋子裡改造出一間暗室？」

「確實，我以前沒考慮過這一點……」

麗薩繼續說：「這棟房子裡發生過殺戮，之後，又因此衍生出另一連串殺戮。站在海鳩女士的立場來思考，這是復仇；現在他們都死了，以觀察黑暗生物的眼光看，不論什麼原因，惡意和殺戮總會孕育不穩定因素。今天這裡逐漸開始出現惡性事件，也許和當年的事有關。」

卡蘿琳歪頭看著她，「在車上原來妳也聽到了，我還以為妳睡著了。」

「老幽靈一直在說話，我怎麼睡，」麗薩扶了扶眼鏡，看向克拉斯，「尤其是後來他們兩位又開始討論『第一次』的感想什麼的。」

克拉斯沒有回應這句話，他背對她們，彎著腰在看書桌，「這張桌子當年的使用頻率還挺高的，有的地方有明顯的墨跡……」

「你的吸血鬼去偵察了，不在這裡，你怎麼反倒開始害羞啦？當時要不是太睏了，我都想插嘴問你們『在那之後有沒有再來一次』……」

「一個玩笑值得妳們記這麼久嗎……」克拉斯捏著眉心，求饒般地說。

約翰沿樓梯飄上二樓和三樓。他沒在臥室找到暗門，倒是發現牆體內的滑輪升降臺能通到剛才的書房。

走廊裡，進屋探險的遊客打著手電筒、開著錄影，正在煞有介事地介紹鬼屋。看起來他們沒有要留宿的意思，幽靈們靜靜潛伏在黑暗裡，暫時沒太用力去嚇他們。

約翰從探險者頭頂飄過，沒人發現他。一路上，約翰看到了不少外來的東西，大概都是以前的鬼屋探險者留下的：現代報紙、玻璃酒瓶、吃剩一半的大包裝薯片（也許它的持有者被嚇得丟下它跑了）、保麗龍咖啡杯、沒來得及帶走的罐頭食品……甚至還有大蒜和粗海鹽粒。

從這些東西就能看出，那一批批探險者們曾經玩得非常開心。可惜幽靈和鬼魂通常拿不住物體，沒辦法來個大掃除。

他回到樓下，按照對此類舊房子的理解，順利找到了真正的儲藏間地下室入口。他從門縫飄進去，裡面布滿空蕩的儲存櫃，牆壁陳舊發霉，與一般廢棄地下室無異。

他總覺得有什麼地方不對勁。這裡安安靜靜，什麼都沒有，作為儲藏室面積夠大，卻仍給人一種緊壓感……

樓上傳來驚慌的腳步聲。也許是探險者待得太久了，幽靈們決定派出安安和迷霧把他們嚇走。安安在牆體內發出嗚咽聲，身體穿行於每一道牆壁和家具，迷霧不時閃過人們身後剛走過的路，製造一瞬間的陰影。

探險的男男女女很快就嚇得落荒而逃，還不忘晃動著攝影機大喊：「這裡真的有東西！我看到了！這裡真的有東西……」

約翰返回書房下方。他回復形體後沒多久，阿特伍德先生和夫人也回來了。他們帶著客人回到樓上，指引他們來到曾發生命案的幾個房間。

瞞著幽靈們偷偷探查不太禮貌，所以克拉斯他們沒說出對房屋結構的疑惑，只問了這裡是否還有其他地下室。阿特伍德說以前有一個，曾經是儲藏間，由於裡面的存貨腐爛，氣味久久不散，生前他們早就請人把那裡填埋起來了，現在就只有書房裡那間地下室。

約翰還沒來得及把看到的東西告訴同事們。他無聲地盯著老幽靈——阿特伍德在撒謊。

Unthreatening Creature Protection Association

Chapter 14

寂靜之家

「如果幽靈或鬼魂嵌在牆壁裡，你看得出來嗎？」走進死過人的臥室，約翰問克拉斯。

克拉斯又把關於幽靈知識的書扔給約翰，「我看不出。真知者之眼能看透魔法偽裝，但看不透遮蔽。比如，我能看出史密斯是個變形怪，如果他藏在牆後面，我不能看穿牆。」

「那麼如果幽靈潛伏在陰影裡，你就看得出了？」

「是的，這個倒是可以。」

約翰一副欲語還休的糾結表情。他想把阿特伍德關於地下室的謊言告訴克拉斯，又怕附近有幽靈在監視。哪怕只是有個幽靈路過，也同樣會把聽到的東西洩露給阿特伍德。就算阿特伍德對協會的人沒有惡意，他的隱瞞也肯定有別的問題。

克拉斯盯了約翰一會，沒問他什麼，而是對麗薩說：「麗薩，我們做個防護圈吧。」

他指的是個暫時阻止一切東西靠近的法術，被圈在外面的傢伙不僅無法進入，甚至聽不到圈內的聲音。有點類似伯頓曾用過的血族魔法排斥咒。

「防護圈只能維持不到十分鐘，」麗薩邊說邊打開旅行包，拿出準備好的材料，「難道我們要一整夜不停地做這個法術？」

「不，我只是懷疑屋裡不僅有阿特伍德一家和他們收留的幽靈，這裡可能還有些別的。記得嗎，那傢伙行凶時能遮罩幽靈們，也許還能監視他們。我想說些推測，不想被潛在的敵人聽到。」

約翰在心裡默默說，我其實擔心的是阿特伍德一家……他沒表示什麼，只靜靜等著兩個施法者完成法術。

雖然叫「圈」，其實法術範圍不一定非得是圓形的。將銀粉與馬鞭草淬液作為原料，邊念出咒文，邊用槲寄生枝沾取汁液畫出封閉的範圍。範圍越小，能維持的時間越長，通常單人房間大小的面積能維持十分鐘左右。

完成法術的瞬間，房間四壁的內圍亮起一層半透明的膜，它用不到一秒的時間向上閉合，形成圓拱形，之後就消失了，室內看上去和以前一樣。

「約翰，現在你可以說了，」克拉斯看向約翰，「阿特伍德撒謊了，對嗎？」

「你知道？」約翰驚訝地看著他。

「我不知道具體是什麼，只是隱約覺得你有什麼事要說。還有，如果是關於未知的敵人，憑你那總是大驚小怪的習慣，你早就說出來了。所以我猜，也許是和阿特伍德和他的幽靈們有關，所以你才那麼吞吞吐吐。」

約翰暗自反省了一下自己是否常大驚小怪。「呃，是這樣的，這房子有地下室，並沒有被填埋起來，它還空著，而且結構有種說不出的奇怪。」

「地牢嗎？」卡蘿琳面露驚喜。

「不，當然不是地牢，就是個普通的廢棄儲藏室，我不明白阿特伍德為什麼要隱瞞……」

約翰把臥室通往書房的升降臺、氣氛古怪的地下室一一描述出來。升降臺已經很奇怪了，這種房子常裝有升降臺，讓傭人們用來為主人送早餐之類的，所以通常升降臺會通往餐廳，而不是書房。

這架升降臺確實也能通往餐廳，不過它所在的通道裡，通向餐廳的開口被砌死了。從牆體內側能看出痕跡，在餐廳裡則根本看不出，壁紙遮蓋了原本的升降臺蓋門。如果有客人坐在餐廳裡，會認為這幢房子根本沒有升降臺。

約翰曾在同年代的老屋生活過，他見到的升降臺滑輪通常不大，繩子也很普通，平臺是木製，只能承載物品。可這裡的不一樣，滑輪很複雜，繩子像航海用的纜繩，平臺用金屬加固過，完全能承受體型正常的人類重量。雖然人在升降臺通道裡會顯得很局促，但確實能進去。

什麼人會需要在臥室和書房之間安裝這東西？而且書房裡還有個地下暗室。

關於真正的儲物間地下室，約翰則不太能精確描述。他能形容出自己在室內感覺到的古怪，但又說不出具體怪在哪裡。地下室大約和正常的大房間面積等同，並不狹窄，卻給人一種緊壓感。

「也許你能看出問題，」約翰指的是克拉斯的眼睛，「如果你真的進去了，我懷疑你會覺得很難受。連我都覺得不太對勁。」

「幽閉恐懼症確實很麻煩，可我並不怕有一定面積的房間。」克拉斯把玩著手裡的槲寄生枝條。而現在的問題並不是幽閉恐懼症，而是他暫時沒辦法親眼去看儲藏室。

讓他覺得奇怪的是，阿特伍德先生顯然希望屋子裡的詭異之物被清除，否則他當初不會讓驅魔師進門，更不會去找協會。問題是，他何必要隱瞞一間沒藏任何東西的空曠地下室？

麗薩語氣乾澀地開口：「儲藏室確實很奇怪，但是……我們是現在就想辦法去看看，還是過了今晚再說？」

她指指床上——這屋裡有架雙人大床，有雕花床柱的那種。因為曾有人在這裡住宿，破爛不堪的布藝品上蓋了好多層現代床單和毯子，只有曾屬於遇難情侶的一條被警方拿走了。現在他們四個又鋪了一層新的。

而現在的麻煩是，卡蘿琳已經趴在上面睡著了。藏藍色短裙整個掀了起來，露出裡面的運動短褲。她沒脫鞋子，短靴裡插著黑鐵錐，手上抱著改裝槍。

「需要叫醒她嗎？」麗薩皺皺鼻子。叫醒卡蘿琳通常不太容易。畢竟她聽著別人不停說話都能睡得著。

「或者，就還是按照原本的計畫吧。」克拉斯說，「我們本來也是來這裡睡覺的，也許照這麼下去會有其他發現，剛才的疑惑也會不攻自破。還有，幽靈在夜晚更加靈敏，在清晨最遲鈍，偷偷偵查應該清晨去。」

麗薩把眼鏡別在頭頂，防止情急下找不到它。她把必要的武器和施法材料放在手邊，然後爬上床緊貼著卡蘿琳躺下。

「克拉斯，這裡給你留了個位置，」麗薩拍拍旁邊，「如果到凌晨時還是什麼都沒發生，你又撐不住了，就躺下睡會吧。」

「不不，我擅長熬夜，我才不要和妳們躺在一起。」克拉斯擺擺手。

「你又不是沒和上一任搭檔住過帳篷。」麗薩指的是結婚懷孕而離職的那位。

「那不一樣，如果我去睡了，以後卡蘿琳就會和櫃檯的艾麗卡說『我和麗薩還有克拉斯一起睡在四柱床上』。然後如果艾麗卡知道了，協會的其他人就都會知道，艾麗卡肯定不會解釋細節的真相。我可不想讓遠在美國的母親專門打電話來問我這個。」

克拉斯又想了想，補充說：「……還有，也免得約翰一個人醒著太無聊。」

「我們聊天會影響她們休息的。」約翰說。

「不，我們看書。」

麗薩這次沒戴耳塞，很快就入睡了。黑暗的房間裡只亮著一盞攜帶式照明燈，克拉斯在旁邊看書，約翰也還在翻關於幽靈的書。

幽靈和鬼魂的世界太繁瑣，比血族或狼人麻煩多了。比如說，血族的能力非常量化，只要知道其先祖來源以及血裔，其他的事就能推測得八九不離十。他們的變數無非是霧化或幻化，比如約翰和他父親都只能霧化、不能幻化，也有血族是只能幻化（比如變成小老鼠、蝙蝠、黑貓或郊狼）而不能霧化。就算是面對懂魔法的血族，別人也能從他研修的領域判斷其能力範圍。

狼人、獸化人等等就更是簡單易懂。他們就像普通的動物一樣，有身體強壯的，也有脆弱些的，行為模式也顯而易見。要說其他黑暗生物——膠質人長相極為顯眼，每隻的能力都一樣，只有顏色差異；變形怪基本上可以被理解成是長命、能讀心、能變形的人類；爐精喜歡毛茸茸的東西、只在溫暖地區出沒；死靈騎士遵循生前的誓約行動，黑色夢魘四蹄踏火……

而幽靈和鬼魂……它們簡直是有無窮盡的特徵。約翰之前看過一檔講昆蟲的電視節目，說昆蟲種類多到占所有已知物種的一半，他覺得幽靈也是如此。

它們可以柔弱得像一根草，也可能像狂暴的颶風，有些具有持物能力，有些則不能，毫無規律。人類研究者調查和記錄鬼魂、幽靈已有千百年，至今都無法總結出它們的所有特徵。

約翰手裡的書是縮編的指南性質，即使如此，內容也夠冗長了。約翰正看到「星位與氣候對鬼魂形成的影響……」，現在他看了下一句就開始忘記上一句。

培訓期時他倒是挺刻苦，有點像當初跟著父親學血族常識時的拚勁。現在他卻懶得看這些，反正總有克拉斯幫他講解。

抬起眼，他看到克拉斯也正翻過一頁書，眼神十分專注。

我也許太依賴克拉斯了，約翰想。當初，變形怪史密斯對他說：**如果僅靠對協會的好奇，或僅靠對克拉斯本人的好感，你早晚會無法勝任這工作的**。那時約翰還想辯駁一下，現在回憶起這句話，他正好拿來自省。

於是他又低頭翻了幾頁……最終還是堅持不下去了。

老宅沒有無線網路也就算了，連和克拉斯聊天都不行。約翰深深感覺到了奇幻小說裡「面對黑暗的孤寂……」這句話的意思，它常被用來形容血族的生活。

約翰從沒有過類似的感覺，他有家人、同事和朋友，從沒體會過獨自穿著絲綢襯衫住在城堡裡長籲短嘆的日子。

他站在起來，輕手輕腳地走到克拉斯身邊。只要血族願意，他們的腳步能比貓還要輕。克拉斯正好又翻過一頁。書上寫著：

電視上的這個女人名叫『阿拉貝拉夫人』。她的外表看起來真的很俗氣，頭上盤著五彩頭巾，脖子上還掛著一大串黃金項鍊，可是她卻擁有一種誠懇的特質……

「你在看什麼？」約翰俯下身，在克拉斯耳邊低聲問。

克拉斯把封面展示給他。圖上是個女人沉睡的側臉，旁邊躺著一隻黃毛的狗。《巴別塔之犬》。

「你竟然在看小說！」

「為什麼我不能看小說？」

「可是我卻在看協會印製的幽靈說明……」約翰低聲碎念著，把椅子拉近克拉斯一些。

他的旅行包中裝著一只冷藏桶，裡面是夠他用兩三天的血袋。他取出血袋，用獠牙撕開封膜，另一隻手接過克拉斯手裡的書。

在進食時，他已經不會避開克拉斯了。他們曾住過同個房間，克拉斯會在血族眼前安睡，約翰也不再為當著人類的面吸血袋而難為情。他們一起護送過迷路的構裝體，還抽空去看望過金普林爵士。這期間不只一次——他和克拉斯坐在車上，一個啜著血袋，另一個捧著咖啡和三明治。

約翰把空血袋用紙包好，重新塞回旅行包。他翻了翻小說的介紹，「這個人的妻子意外身亡，目擊者是他家的狗，所以狗會告訴他真相？哦，我懂了，」他恍然大悟地點頭，「這本書是關於支系犬的。」

「不是！」克拉斯忍笑忍得聲音都發抖了，「這是普通小說，不是超自然生物的故事。」

說完，他打了個哈欠。微弱的橘色燈光下，他眼角零碎星光般的細淚分外顯眼。

「你去睡一會？」約翰看看手表，「已經凌晨三點多了。」

「不用，」克拉斯把書合起來墊在手臂下，趴在小圓桌上，「我稍微趴一下就好，躺下去會睡得太熟的。」

現在，房間裡只有約翰還醒著。他環視四周，突然有點擔心幽靈們會嵌在牆裡偷看。防護圈早就失效了，如果幽靈和鬼魂願意，一定可以聽到剛才的對話。明明剛才他們也沒說什麼機密。在這麼寂靜的環境裡，約翰有種錯覺——和克拉斯間的普通對話竟然帶著奇異的私密感。

身為血族，除了視覺外，約翰也很依賴聽覺。他不想繼續看幽靈的書，那本講狗的書又被克拉斯的手臂壓著……於是，約翰專心地看著窗外在微風中顫動的樹枝，聽著周遭的一切……

凌晨無比寂靜，沒有夜鳥或蟲鳴。除了身邊三個睡著的人以外，偌大的屋子裡沒有其他人類的呼吸和心跳。

突然，約翰意識到一件事。

他曾霧化後巡視房屋各處。不僅是給人壓迫感的儲藏室，他在別處也總感到說不出的彆扭。

這裡有什麼不正常，可又找不到原因。為了確認，他閉上眼睛，更認真地聆聽……

在這棟房子裡，連老鼠的心跳聲都沒有。

牆體和舊家具的縫隙裡沒有蟑螂爬過的聲音。明明屋裡常有人類走動，還留下了不少垃圾。在木質家具和裝飾牆線這麼多的老屋子裡，甚至沒有一隻螞蟻。

這不正常。郊外的廢棄房屋通常會成為小動物和昆蟲的樂園，木料會被啃噬，鳥類會在屋簷和閣樓築巢，如果這裡偶有人類造訪，就更會有老鼠或蟑螂盤踞。而現在……連窗外近處的樹林裡都沒有活物的聲音。

在城市裡，血族通常不會留意到這些事，因為環境太喧囂了，他們的注意力都在別處；但在這樣偏僻、安靜的老宅，對約翰來說，要聽到那些細小的聲音並不算難。

約翰猛地睜開眼，一瞬間，他錯以為自己是對著牆壁，因為周圍突然變得非常黑暗，照明燈熄滅了，黑暗比一般的夜色還要濃重。他才不過閉上眼睛十幾秒。

他當然並沒有對著牆壁，他仍坐在小圓桌前對著窗子，旁邊是克拉斯。就在轉頭看向窗外的瞬間，約翰迅速摟緊克拉斯，跳向房間的另一端。克拉斯醒了，桌子翻倒的聲音也驚醒了麗薩和卡蘿琳，卡蘿琳拔槍的速度就像條件反射。

一張灰色、乾枯的臉從夜色中緩緩靠近，它狀如被放大數倍的骷髏頭，足足有餐桌那麼大。

它緊貼在窗子上，慢慢擠進來。從屋裡看不見它的脖頸和身體，取而代之的是一團混沌的漆黑。銀芯彈在它的表層留下密密麻麻的凹痕，它減慢速度，但並不退怯，凹痕也在漸漸癒合。

趁它減慢速度，卡蘿琳已經丟下槍，從靴筒裡拔出一根馬克筆般的棒狀物，麗薩也拿出了同樣的東西。克拉斯從腳邊的背包裡拿出兩根，剛要遞給約翰一個，他看到約翰的雙手：「戴上絕緣手套！」

約翰急忙從夾克裡掏出手套戴上，並接過那根「馬克筆」。它真的看起來就是支粗號馬克筆……麗薩念了一句短咒語，四支「馬克筆」的頂端同時迸出銀色光柱，比燈光還要耀眼。

約翰一身冷汗。銀光險險從眼前擦過，因為他剛才拿著「馬克筆」時差點把頂端對著自己。這武器給人一種拿著光劍的錯覺，雖然電影裡的光劍是直線形狀的，而他們手裡的東西更像長馬刀。

「是半實體邪靈，穿刺、射擊傷害會被包覆癒合，只有砍碎它才有用。」在克拉斯忙著解釋時，卡蘿琳已經衝了上去。她踩著床鋪跳起來，銀色彎刀切入怪物黑色的、長長的脖子。

「別被咬到！他會吸取妳的生命力……」稍慢一步的麗薩提醒她。

砍這個東西似乎不太需要其他技巧，重點是砍得越快越好、越碎越好……約翰剛剛才讀過關於「半實體邪靈」的內容。

卡蘿琳切它的動作讓人聯想起平板電腦上的某款遊戲，配合銀光彎刀的視覺殘留效果就更像。克拉斯和麗薩兩個人的速度加起來都沒有她快，還沒過幾秒，她就把那張臉削得幾乎只剩一半了，灰色的碎屑在空氣中四散，就像被燃盡的紙片。

約翰想跳到窗外去切它的脖子，卻發現它非常長，一直延伸到地面，鑽進屋子。黑色的部分根本不是「脖子」，而是巨大的蠕蟲身體，它緩緩移動，不停蠕進房間的窗口。

「為什麼它不從屋子內部過來呢……」正在約翰這麼想時，外面走廊上的木地板開始吱呀作響。

「還有一個？」麗薩剛剛切碎一塊顴骨，驚訝地回過頭。

它很沉重，且龐大，從聲音聽起來，它塞滿了整條走廊，就像約翰望向窗外時看到的東西一樣。同時，它又和所有幽靈一樣，能穿過牆壁——從屋內能看到它黑色的皮膚時隱時現。

最終，從走廊方向出現的蠕蟲也鑽入屋內，露出巨大如門扉的、八目鰻般的嘴巴。

約翰毫不猶豫地切割它的嘴，它很緩慢，幾乎不能躲閃，但一直不停逼近。另一邊，從窗戶進來的頭骨面部已被切割得乾乾淨淨，黑色的蟲身仍在向前蠕動。

克拉斯的動作不怎麼快，他本來就不擅長使用武器。他停下來，喘著氣說：「這兩邊是同一個東西……是同一個蟲子的兩端。」

屋子深處發出隆隆聲，以及小東西被推倒掉落的聲音，木地板被碾壓的聲音……克拉斯深感疑惑的是，雖然半實體靈體能夠持物、碰觸平面、產生壓力等等，但只要它們願意，它們仍能穿牆而過。

如果這東西想偷襲、殺死他們，不管從哪裡出發，它明明可以直接直線靠近，從某個地點開始穿過整棟房子——何必要沿著走廊和房屋結構爬行？讓人頭痛的是，它雖然緩慢又不躲閃，但無論怎麼砍削，它都仍在向前蠕動，就像後面藏著的身體有無盡長度般。

「你們兩個施法者就沒什麼辦法嗎！」卡蘿琳已經有點氣喘吁吁了，「我覺得自己像工廠裡切肉片的流水線機器！」

克拉斯也很焦急，「沒什麼辦法。唯一的方法就是殺了它，問題是除了砍碎外，沒有更好的手法了！」

房間上方也傳來雜音，像是在樓上，又像在屋內。黑色蠕蟲的又一端擠了進來，這次是從通風道裡。這部分沒有頭或尾，彷彿它打算積滿整個屋子，不放過任何一個房間和通道。

論使用兵刃戰鬥，麗薩遠遠不如卡蘿琳。儘管能夠控制和製作很多驅魔武器，實際上她連後坐力大一點的槍都用不了。反覆砍削的動作讓她的手臂又酸又僵，一時反應有些遲鈍。

因為先前怪物的逼近，這時她已經不得不站在床上了。通風道裡出來的蠕蟲吸住了她持刀的手臂，銀色馬刀噗的一聲落在床單上。

就如她所學過的，這東西一旦主動攫住敵人，就會開始吸取對方的力量。她連呼救的聲音都發不出，幸好他們幾人距離很近，其他人立刻就發現了。克拉斯離她最近，可是克拉斯的刀法不怎麼樣，半天都沒砍斷蠕蟲。

卡蘿琳的目光向這邊一轉，還沒等她做什麼，克拉斯便大聲提醒：「別過來！妳身邊的更危險！」

可是卡蘿琳的行動比他的提醒要快。他話中的單詞才說一半，卡蘿琳已經轉身，向攫住麗薩的蠕蟲發動攻擊。

糟糕了。

不到一秒之內，這是克拉斯腦中僅存的想法。

在空間夠大時，黑色蠕蟲的速度很慢，現在它們將獵物逼近房屋角落，在有限的空間內，它們就更有優勢了。

卡蘿琳成功地切斷了蠕蟲。麗薩倒在床上，眼睛還睜著，表情有些可怕，看上去動彈不得。而卡蘿琳背後，直徑比窗戶還大的蟲體沒有了阻擋，碾過地板，用布滿傷痕的斷面逼近而來。

約翰不得不跳到床鋪的另一側，去攔住窗口那端的蠕蟲，而在他身邊，從門口進來的蟲體突然張開一張大嘴。它將巨大的傷口裂開，傷口變成和先前類似的八目鰻形態的嘴，只不過沒有牙齒。

大嘴在約翰背後張開，像冥界的門一樣撲向他。克拉斯和卡蘿琳都想去幫助約翰，卡蘿琳更快一些，可是仍沒趕得及。

黑色包覆住約翰，在他回過身的瞬間將他淹沒。

克拉斯呆住了，幾乎忘記去理智地思考接下來該怎麼辦。

卡蘿琳撿起麗薩的馬刀，雙手各持握著一把。「小的那個交給你！」她對克拉斯喊，聲音有些嘶啞，「照顧好麗薩！」

他們以前也見過半實體邪靈，甚至卡蘿琳還曾經砍過類似的東西。它們確實通常體積比較大，叫人費力，但不該龐大到這地步。

克拉斯盡己所能地阻止通風口的蠕蟲繼續靠近，他的意識卻有些飄忽。他想著，這東西確實不能說強大，而是過於巨大。如果獵人們遭遇的是它，怪不得那些人會死去。以這隻蠕蟲的體積來看，假如出動幾十個獵人，像現在一樣不停將它切碎……那麼也許殺死它並非難事。如果只有三四個人，就實在是太少了。

克拉斯把仍不能動的麗薩掩護在身後，讓她貼著最後一塊乾淨的牆壁。用餘光看向窗戶時，他驚恐地發現，卡蘿琳的右臂直直垂下，馬刀落在了地上。

卡蘿琳已經太疲憊了，她只是個人類，人類的體力總是有限的，長時間戰鬥、保持肌肉緊張會讓人開始失去控制力。

她被蠕蟲的傷口「咬」中了，雖然只有短暫的不到半秒鐘。她已經及時切掉了怪物的那塊身體，避免出現像麗薩一樣的情況，可是那隻手臂卻像被抽空了，完全不聽使喚。

「只有不到一百英尺，很短。」

克拉斯的聲音在她背後響起。

她不明白是什麼意思，接著，她聽到有什麼被拋到自己腳下——是不能動彈的麗薩。麗薩的嘴唇裡被塞了一枚硬幣，卡蘿琳不懂是什麼，也來不及看清，只覺得露出來的一小半有些眼熟。

「跑，別回頭，去找更多獵人！」克拉斯快速說完，比了個手勢，一支黑色的箭懸浮在掌前。

卡蘿琳突然明白了他要做什麼。「等等！你難道不……」

她沒能說完。

那枚箭矢射穿她的小腿，從另一側穿出，釘在麗薩的肩頭。瞬間，她們兩個人在原地消失了。

「我得留下……去找約翰。」克拉斯長長籲一口氣。

和西多夫的錨點法術類似，他使用的是人類的改良版錨點。它沒辦法像深淵魔法般使人自由來往於遙遠的地點，也不能標記多個位置，只能以刻有特殊符文的徽記為依託，將目標送到最遠不超過一百英尺的地方。至於具體是哪個方向，施法的人根本無法控制。這也是惡魔們普遍覺得人類魔法不牢靠的原因之一。而優點則是，它啟動起來方便一些，並不需要什麼惡魔的血。

「本來是留著最後逃命用的，準備這種法術得花好幾個月呢……都夠我寫完幾個短篇了。」克拉斯手持馬刀，自言自語著，彷彿保持著有聲音的狀態能夠降低恐懼。

他本可以貼緊兩個女孩，用黑色的箭穿過他們三人。一百英尺也許不足以讓他們跑遠，但至少能脫離這棟房子，離開黑色蠕蟲的視線。

蠕蟲的速度並不快，跑不贏車子，而且克拉斯幾乎可以斷定它不會追遠。因為附近的小鎮從未出現死傷，說明它至今還沒有靠近過那邊。

可是克拉斯還是想留下。幾秒之內他就做好了選擇，儘管不知道這選擇是否正確。

剛才，在被吞沒的瞬間，約翰消失了。沒來得及掙扎，也沒有什麼恐怖的咀嚼聲等等，他就那麼直接消失了。

在「真知者之眼」裡，蠕蟲形態的邪靈微微有些透明。克拉斯不清楚在其他人眼裡是如何，在他看來，蟲體越靠近外部越稀薄，越向遠處越濃黑，無法看透。

僅憑銀色馬刀，克拉斯根本不可能阻止蠕蟲靠近。他垂下刀刃，咬緊牙關，只希望卡蘿琳肯聽他的囑咐，不要回來，而是去聯繫協會，說清楚這裡發生的事，叫更多人來。

黑色的龐大身軀碾過整個房間，將每個角落都擠得密密實實。最後，克拉斯的身影也消失在其中。

卡蘿琳感到一陣暈眩，再睜開眼時，她躺在石頭地上，左手還拿著銀色的馬刀。

她坐起來，右臂不能動，觸摸上去沒有感覺。為了進一步檢查，她用馬刀割向右臂，銀光稍稍陷入皮肉，不僅沒有痛感，連傷口和衣服的缺損都沒有。

在外面。「原來對人類無效啊……」她把馬刀插進裙子壓摺裡的口袋，銀光鋒刃穿過布料露

她又用身上攜帶的匕首劃破右前臂，傷口溢出細細的血珠，沒有痛感。

卡蘿琳有點害怕，又用匕首尖端刺向右手無名指指腹。這次，她感覺到了點帶著酸麻的、細微的疼痛，她安心了一些。這麼看來，手臂失去的知覺也許還能回來。她低頭看著躺在自己懷裡的麗薩，低聲問了句「我能不能刺妳一下」，麗薩仍有呼吸和心跳，但沒有任何回應。

「算了，還是不刺了，雖然這能看出妳有沒有知覺，可是……萬一妳不同意呢。」卡蘿琳碎念著站起來，用能活動自如的左肩扛起麗薩。

她的右臂還沒恢復，沒辦法去抱或者背。即使是扛著也很辛苦。雖然麗薩很瘦很輕，可卡蘿琳的肩不夠寬，個子也並不算高，她很難掌握重心。搖搖晃晃地試著走了幾步，她回頭看向房子。她站在阿特伍德老宅外的彎曲小路上，只需要跑幾步就能回去。

可她知道不能這麼做。天就要亮了，她找到藏在遠處樹林裡的汽車，費力地將麗薩丟上後座，用左手發動車子。

天色已經越來越亮。卡蘿琳單手扶著方向盤，車子剛轉了個彎，還沒繞上大路，她就立刻踩下了煞車。

距道路不遠的樹林邊有一頂野營帳篷，穿著紅色防風外套的人倒在帳篷外面，還有一個人只有上半身露出帳篷。一個女人淒厲地哭叫著，連滾帶爬地越過同伴的屍體，跑

上道路求救。

是昨天去老宅探險的那些遊客！卡蘿琳有印象，在餐廳他們見過這幾個人。

卡蘿琳感到右手的知覺似乎又恢復了點，傷口有痛感了，指尖也逐漸能輕輕顫動。她走下車扶住那個女人，女人的尖叫聲猛地停止，一臉迷茫地看著女獵人裙子裡伸出來的銀光鋒刃。

「噢……只是個特殊造型的遠光燈，」卡蘿琳用手指劃過光芒，示意它無害，「我關不掉它了，別在意。你們怎麼了？」

「帶我去報警！我們得去報警……」女人哭泣著，「我不知道那是什麼，天哪，它殺了他們，我不知道……」

「冷靜點，」卡蘿琳一點都不擅長安慰驚慌失措的普通人，「什麼差點殺了他們？」

「妳不會相信的……」

「我會信的，我也差點死掉。」卡蘿琳實話實說。

女人抹了一把臉，還在不停流眼淚，「妳……妳也看到那個了？」

「妳倒說說是『哪個』！」

女遊客顯然嚇壞了，敘述得顛三倒四：「我們本來已經睡了，後來聽到有哭聲，是大衛先注意到的。有一道白色的影子想把我們拖出來，大衛忽然就死了，馬特文也死了……我想他應該是死了，我沒有看清楚，也許他們還活著？……我現在不想轉身去看，我們叫救護車吧？哦，對了，後來它放過我了？它為什麼突然放過我了？」

我怎麼知道啊……卡蘿琳習慣性地想用右手揉眼眶，可現在右臂只能抬到肚子的高度。

白色影子，而不是黑色的蠕蟲？卡蘿琳非常希望現在麗薩能醒著，如果克拉斯和約翰也安然地逃離該多好……他們會好好坐下來研究白色影子和黑色蠕蟲是怎麼一回事，卡蘿琳知道，也許自己會聽不懂施法者們討論的細節，但他們最終會給出答案，會找到辦法……

「總之跟我上車吧。」卡蘿琳單手扯著女人的手臂。女人迫不及待地鑽進副駕駛座，瑟瑟發抖，表情倒是放鬆了很多。

卡蘿琳剛要發動車子，無意間抬頭，她從後照鏡裡看到一個人影靠近。

她急忙下車，跑過去攙扶那個人。是克拉斯站在那裡。

他看上去非常蒼白，黑髮被汗水浸溼，一縷縷貼在頰旁。他虛弱得幾乎站不住，每走一步都像要跌倒。卡蘿琳抓住他的手臂時，他終於控制不住腳步，摔倒在地上。

「你出來了？」卡蘿琳發現他的目光有點失焦，像是快昏過去了，「克拉斯，看著我！剛才發生什麼了？約翰呢？」

「他和我在一起，可是我……沒辦法把他帶出來……」

「他在哪兒？」

「地下室……卡蘿琳，請妳快點！」克拉斯捏著她的手指，力氣小得可以忽略不計，

「他被埋住了……」

「什麼？」卡蘿琳根本沒聽懂。

「就是字面意思……妳快去。」克拉斯再次催促。他似乎根本沒力氣把事情說清楚。

卡蘿琳從車子裡拿出一把使用銀芯彈的槍和彈匣，以及一把軍用鏟。她覺得用得上，反正吸血鬼被「埋」住肯定不是什麼好事，也許她真的需要挖他。

手還沒完全恢復，不過她顧不上這麼多。在她跨過克拉斯的身體準備回去時，克拉斯叫住她：「過了多久？」

「什麼多久？」

「現在是……早晨嗎？」

「早晨，六點十四分。」車子上的女遊客戰戰兢兢地走下來，看了看手表，替卡蘿琳回答。

「還是今天？」克拉斯問。

女遊客不懂這是什麼意思。卡蘿琳奇怪地看著他：「什麼叫『還是今天』……距離你把我丟出來只有幾分鐘，現在是清晨。」

克拉斯點點頭，低下頭閉目休息，卡蘿琳交代女遊客照顧克拉斯，接著跑向屋子。女遊客驚魂未定，陽光和樹林裡的清晨鳥鳴讓她漸漸有了安全感。她以為克拉斯也是有同樣遭遇的遊客。

「嘿，你們遇到的是什麼東西？你是怎麼逃脫的？」她以為這個男人會有和自己相似的經歷。

克拉斯的眼神中含著迷茫，聲音微弱：「我……不知道。」

他似乎還說了一句什麼，聲音太小，女遊客沒能聽見。他說的是：**我們出來了，可我不知道發生了什麼事。**

幾分鐘前。

當被由傷口裂成的嘴巴吞掉時，約翰感到一陣失重。

沒有牙齒的撕扯，更沒有腐蝕。一股無法抗拒的力量拖著他，讓他墜入辨不清方向的黑暗。

起初的驚慌過後，約翰沒來由地想起一個奇幻故事：人類和他的船一起被鯨魚吞進肚子，鯨魚的肚子裡是很大的世界。

他努力改變身體的角度，睜開眼，凝視身體不斷靠近的地方。他的眼睛在黑暗中燃燒著紅光，拉住他身體的力量漸漸放鬆了。

那股力量起初很篤定，就像拉住昆蟲的青蛙舌頭一樣，現在它卻遲疑了，最終徹底放開。

墜落的速度降低，但還在繼續。黑暗裡出現了一些莫名其妙的畫面，像車窗外飛逝的景物般掠過約翰身邊。

石磚地和老式街景，夜裡孤單發光的鐵藝路燈，黑貓的金色眼睛在深巷裡發光，樹林裡馬車在飛馳，阿特伍德老宅的窗內點著溫暖的燈火……

他覺得自己要撞上門板了，但並沒有，房子就像幻象，讓他直接穿過牆壁，落入一片花園。天空突然變得明亮，四周是修剪得當的冬青列植，花園遠處又是另一幢「阿特伍德老宅」。

空氣裡響起窸窸窣窣的聲音，就像隱形的蟲群一樣。它們飛舞著，時近時遠：

「你是什麼？」

「是什麼生物！」

「不是人類。」

「味道不對。」

「是魔鬼嗎？」

「你屬於黑色的神？」

「是不死者。」

約翰爬起來，左右看看，從夾克內口袋裡摸出協會的徽章：「我……我是一名血族，來自無威脅群體庇護協會，請問有什麼需要幫忙的嗎？」

他說的都是他在培訓期學到的：對工作對象自報家門，表明善意說明身分，展現誠意。只不過以前他一直跟在克拉斯身邊，沒什麼機會親自這麼說。

嘈雜的聲音一度消失了，過了片刻，才遠遠地再次響起，像是在彼此商議。也許約翰的反應（和他吃起來的味道）太奇怪了，它們一時有些迷惑。

「血族是什麼？」

「輕微的屍體的味道。」

「不死者，混跡於人類之中？」

「沒有脈搏的聲音。」

「無法使用。」

約翰整理了一下衣領，盡可能顯得鎮定而專業。克拉斯曾告訴過他：你是協會的工作人員，雖然要保持戒備，但你不能顯得畏懼。

「嘿，我……我不是獵人，我是調解員，可以和你們聊聊嗎？」

顯然對方聽懂了「獵人」這個詞，但不知道什麼叫調解員。

「不是獵人？很好。」

「我沒辦法消化你。」

「吃了你也沒有用。」

「你不能提供力量。」

「你是不死者。」

「同族。」

「留下來吧。」

「反正你也無法回去。」

「請問……你吃人？」在陽光明媚的花園裡，約翰覺得陰氣森森，他很慶幸自己是一名血族。

「養料。」

「重生。」

「掙脫牢籠。」

「該死的桎梏。」

「一個又一個。」

約翰努力分辨這聲音，它們嘈雜地混在一起，很尖細，肯定不屬於阿特伍德先生。現在他不知道該怎麼辦，按道理說，他應該勸它「請別吃人」，但是……它能同意才見鬼呢！簡直就像叫前面狂奔的小偷「不要跑」一樣毫無效果。

他有一肚子疑問，卻不知道從何說起。

「請你不要傷害我的朋友們。」約翰說。其實這句話就像「請別吃人」一樣無力，可他又想不到別的。

「一旦開始就無法停止。」

「我本身沒有力量。」

「但是我又非常強大。」

「感染。」

「我不能控制它們，它們屈從本能。」

「它們的獵物成為我的一部分。」

約翰越來越聽不懂了。這東西不像他以前遇到的生物，膠質人會直接說「我是膠質人我要劫持電梯」，支系犬會直接說要吃漢堡肉，無頭騎士坦蕩地展示自己的斷頭，狼人愉快地說嗨我是狼人你好啊吸血鬼……現在，看樣子這個東西並不會自我介紹，而認識很多黑暗生物的克拉斯不在這裡。

幸好他不在，約翰想。至少現在看來，這個怪物無法吃掉血族，可對人類就不一定了。

在他正思考該怎麼繼續溝通時，聲音突然吵鬧起來，簡直像炸開了鍋：

「黑色。」

「大量的。」

「非常深邃。」

「是什麼？」

「人類。」

「可以使用。」

「但為什麼他還活著？」

約翰回過頭，克拉斯從不到一人高的半空中突然出現，摔在地上。

果然怕什麼就會出現什麼。約翰跑過去扶起克拉斯，克拉斯看起來有點恍惚，而約翰經歷那些後卻一點事都沒有。

不僅如此，克拉斯的體溫偏低，呼吸有點淺，但還算規律。約翰身為血族的便利之處就是，他能透過脈搏、嗅覺、觸覺等等精準地判斷一個人類的健康狀態。觀察生命跡象是他們獵食本領中重要的一項。

約翰知道克拉斯的身體沒什麼大礙，只是非常虛弱。這並沒讓他感到放心，畢竟克拉斯是人類。

克拉斯睜著眼，費了好大勁才看清約翰的臉。約翰平安無事，自己也沒立刻死掉，這都是好消息，可他們身處的環境卻叫人生寒。

他不著急爬起來，決定稍微休息一下。約翰托著他的肩，把他的頭放在臂彎裡，姿勢倒是非常舒服。

空氣裡的聲音靜默了片刻，開始聚攏到兩人周圍：

「為什麼你沒有死？」

「你是人類。」

「你肯定是人類，我們只要人類。」

「可是人類早已死了。」

「屍體吐出去。」

「靈魂留下來。」

「這裡不該有活人。」

「你是誰？」

「黑色之神的子民？」

「異常。」

克拉斯調整著呼吸，這感覺很熟悉，他經歷過類似的事——羅素用他的靈魂去施法的那次。

毫無外傷但卻像大量失血般的冷，被啃噬生命力量的感覺，無法操控形體，剝離感……這些都和上次一樣，只不過這次的程度更嚴重些。

休息了片刻，克拉斯輕輕開口：「我沒事，別擔心，只是有點像中風……」

「什麼！中風？」約翰驚恐地叫起來。

「只是『像』，我沒有中風……」克拉斯安慰地動了動手掌，「我又被吞掉了一些靈魂，就像羅素使用巫術的那次。」

「是那個黑色蠕蟲造成的？」

「是的，半實體邪靈會吸光人的生命能量，也就是所謂的靈魂。這個和宗教與文學中描述的『靈魂』不一樣。」

另外，還有一點克拉斯沒說出來：照理說，在被吞吃掉整個靈魂的過程中，人類一定會死。就像失血過多也會死一樣。比如死去的探險者情侶和獵人們，他們也許被類似的東西襲擊，總之都是被吃光了靈魂。

空氣裡的聲音仍在此起彼伏，它們在質疑為什麼掉進來的黑髮青年還活著，連克拉斯自己也不明白這一點。

克拉斯記得羅素在病床上說過的話：**你的靈魂能量太強了，我只是拿了一小塊，卻差點無法駕馭它。**

他認為，自己被邪靈吞下去卻沒死，也許是基於同樣的原因。他確實被掏空了一大塊，這是對普通人而言足以致命的量。然而對他來說，卻竟然還有剩餘。

Unthreatening Creature
Protection Association

Chapter 15

黑光

▼
▼
▼

克拉斯覺得力氣稍微恢復了點，但還是站不起來。他低聲對約翰說：「麗薩和卡蘿琳應該沒事，我把她們送出去了。現在我們也想辦法離開這裡。」

「你有什麼辦法嗎？這是哪裡？」約翰問完，又覺得不對勁，「等等，你是說，你送她們出去，自己卻沒有？」

「難道你希望我和麗薩跑掉，讓卡蘿琳來這裡找你嗎？」

「不是這個問題……我是說，這很危險，而且你怎麼知道我沒有被……」

「我知道你不會死。」

「因為它們吃不掉血族？」

「這我倒不確定，大概不會吧。協會沒有幽靈吃血族的紀錄。」

「那麼……」

克拉斯撐著約翰的前臂坐起來。「只是直覺，我能感覺到你還活著。」

他在約翰的攙扶下站起來，四下環顧。「我真想讓你看看這裡真實的樣子，太驚人了。」

約翰看到的是阿特伍德老宅，身邊是園藝小徑，遠處是郊野樹林。

「你看到的是什麼？」約翰問，他知道在克拉斯的眼睛裡一切會是另一種模樣。

「是個空蕩蕩的、黑暗的屋子。這有輕薄的幻景在飄動，就像薄霧一樣，幻景是個花園。房屋很大，給人的感覺很奇怪，門在那邊。」克拉斯指著一個方向。

約翰看著克拉斯所指的地方，以那裡為基準，指指旁邊半公尺遠：「那邊……是不是有個儲物櫃？旁邊還有一排，是空的。」

「是的，有，但現在還離我們很遠。難道，你是說……」

約翰點點頭：「牆壁還有點發霉，對嗎？天哪，我們在那間真正的儲藏室！」

說來也奇怪，獨自掉進來時約翰認為自己還算冷靜，現在和克拉斯站在一起，他反倒覺得非常緊張。身處被隱藏著的地下室，比身處陌生花園更令人毛骨悚然。捏著克拉斯肩膀的手不自覺地加重力道，直到克拉斯提醒他放輕鬆點。

「我想到個有點噁心的比喻，」克拉斯說，「被半實體幽靈吞進來時，我們就像被人吃進嘴巴的食物，然後我們順著它的消化系統一直向下……這裡就是它的直腸。以前的遇害者在消化過程中就徹底死去了，顯然，我們兩個比較難消化。」

「這不僅是『有點』噁心的程度了……」約翰哭笑不得地看著他，「不過，這裡如果真的是那間儲藏室，為什麼遇害情侶與獵人的屍體還在房間裡？」

「靈魂留下，實體被排泄出去，」克拉斯示意約翰走向門的方向，他現在還是幾乎站不住，需要攙扶，「你看到那黑色蟲子了吧？它渾身都是頭或者尾，人徹底被消化後，就會被從不知道哪端又丟回去。我們兩個這種情況，也許叫……消化不良？」

「好了好了，我想像到的畫面比真正遇到的還詭異一百倍。」雖然如此，但約翰卻覺得氣氛不像剛才那麼恐怖了。

克拉斯指引他走向門，身後空氣中的聲音一直在喋喋不休，重複著疑問。它開始意識到這兩人竟然能發現出路！它放棄提問，轉而糾纏著阻止他們：

「不允許離開。」

「留下。」

「不死者要留下。」

「我也是不死者。」

「留下一個。」

雖然克拉斯能夠看到這裡的真實環境，卻仍看不到是誰在說話。他小聲對約翰說：

「真實的門就在前面幾步遠，過去就能摸到了，我們得快一點。」

「你沒事吧？你的臉色比剛才還差。」這並不是約翰的錯覺，克拉斯的呼吸比剛醒來時更亂，脈搏變得更加淺而快。

「它還在嘗試消化我，」克拉斯說，「我也不知道……還能撐多久。」

約翰沒再說什麼，把克拉斯的手臂架過肩頭，扶著他一起向門口走去。

聲音變得越來越憤怒：

「不允許離開！」

「留下！」

「非常孤獨。」

「留下！留下！留下！」

很多驅魔師都知道一個規律：在鬼魂和幽靈之中，往往越是話多的就越弱小。

同理，越是愛製造逼真幻象的，越缺少實質的殺戮能力。很多鬼魂都是如此，他們能靠幻覺把人嚇得半死，其實卻並不能真的抄起球棒打你。真正能量巨大的靈體反而很少出聲，喜歡發動突襲。

克拉斯本以為這裡的東西也一樣，畢竟它只會不停說話，還放任他們聊一堆消化道的話題。

可是，他還是掉以輕心了。

突然，腳下的土地毫無預兆地鬆動下陷，變成流沙一樣的質感。約翰一把將克拉斯推遠，在他的視野裡，克拉斯撞上修剪成一個個橢圓的植物，而實際上他撞到的是發霉的牆壁。

地面不是「像」流沙，而是根本就變成了流沙。約翰從沒掉進流沙過，更別說是幽靈造成的。血族常對和「填埋」有關的事有種源自骨子的恐懼，再加上耳邊全是「留下、留下、留下」的聲音，他緊張得不知道怎麼才能爬出來，幾秒內，他已經被埋到腰部。

腳下沒有合適的著力點，泥土沙石像有吸力一般，他根本無法跳躍。越是掙扎，向下深陷得就越快，他努力改變姿勢，想把上半身留在外面。

泥土已經漫過胸口。約翰遠遠地看到克拉斯想從牆邊站起來，卻腳步不穩地摔回地上。現在約翰仍聽得到聲音，從脈搏聲和呼吸上判斷，克拉斯就快失去意識了。

「花園」已經越變越黑，不再是剛才的藍天，也許是黑色蠕蟲的身體聚集了過來，想繼續嘗試消化掉人類的靈魂。

吸血鬼的獠牙對流沙毫無辦法，而且在這裡霧化能力竟然也不起作用。唯一值得慶幸的是，約翰不用呼吸，即使泥沙沒過脖子他也不會窒息。

克拉斯看不清約翰。他的視線模糊，四肢的感覺再一次消失。他並不能確定這次自己會不會被徹底消化。他應該做出選擇……是努力撐到門前，還是去抓住約翰的手？可現在對他來說，無論選哪個都不太現實了。

他扶著牆壁站起來，向前跨了一步，然後軟弱無力地徹底倒了下去。

濃黑色的蠕蟲全都回來了，回到它們熟悉的地方，它們不甘心放過倖存者。通常，它的一次消化就能吞掉人的全部靈魂，人會立刻死去，可當它對克拉斯做同樣的事，克拉斯的靈魂卻還富富有餘。

它想要繼續吞噬、挖掘，想要掏空這個神祕的身體。

而約翰已經看不見外面了，他只剩下一隻手臂還高高舉著。即使鼻孔和嘴巴灌滿沙土，他仍意識清晰，這種感覺既恐怖又鬱悶。掙扎讓他越陷越深，逐漸，他變得只有幾根手指還能動。在一片漆黑的擠壓感裡，他隱約聽到金屬聲。

銳刃劃過硬物的聲音，隔著沉重的泥土，非常模糊。即使是吸血鬼的耳朵也聽不清那究竟是什麼。

蠕蟲龐大的身體壓縮在儲藏室內，打亂了花園的幻景。突然，幾縷黑光在它體內一閃而過。

就像黑曜石鋒刃的反光般，微小、冰冷而奪目。

它們先是偶爾閃現，又收緊，接著整個爆發開來。

空氣中囁嚅著的聲音開始驚叫。蠕蟲的身體被從內部撕裂成好幾塊！在它被切割開的內部，黑曜石薄片般的物體成百上千、細小如樹葉，隨著旋風的壁障狂舞，鋒芒向外，切割眼前的一切敵人。

就像裹挾著尖刀的小型颱風，黑光不停閃動，殺戮接觸到的一切，也保護颱風眼裡的生物。

蠕蟲枯骨色的臉才剛再生一半，現在全部被削割成了碎屑，不到幾秒，它的整個身體都被化為齏粉，在空氣裡消失殆盡。

刀鋒沒有停下，它們時密時疏，繼續切開幻景中黏稠的空氣，撕碎園藝植物與石磚地，直到切碎陳年的置物架，連牆壁上的發霉處都被淺淺地刨開一層……漸漸地，它們終於停下來了，向颱風眼中心聚攏、塌縮，徹底消失。

密閉的地下室裡一片寂靜，克拉斯躺在那些東西消失的地方，他縮成一團，像高燒不退的人一樣打著冷顫。

阿特伍德老宅迎來了清晨，一天中幽靈們最遲鈍的時刻。

現在天色還沒完全亮起來，地下室沒有照明，只有被封死的氣窗縫隙處微微透進光亮。

又過了幾分鐘，克拉斯醒過來了。就像在夢境中被突然嚇醒一樣，他猛地坐起來，又頭暈得再度摔回去。

深呼吸了幾次，他再次嘗試爬起來。儲藏室很黑，他看不太清楚，不過他能確定幻景不見了，現在這裡只是一間安安靜靜的儲藏室。由於光線問題，他看不見被削碎的置物架，只能看到在靠近出口的地方……地面上伸出一隻手。

「約翰？」他踉踉蹌蹌地跑過去，跪下來，小心地碰了碰那隻手。

約翰對他做出了一個「OK」的手勢。

克拉斯長舒一口氣。他抓住約翰的手，貼近地面，問他是否能聽到自己說話，約翰的反應猶猶豫豫的，大概是知道克拉斯在說話，但聽不太清楚。

「我去找人來……」克拉斯用力握了握那隻手，想盡可能讓約翰感到安慰——被埋起來的約翰其實覺得這點力氣弱得可憐。

克拉斯的身體沉重得幾乎邁不動腳步，他不由得想像，也許太空人剛回到地球時就是這種感受。

原以為地下室的門應該很難打開，誰知道它竟然一推就開。他沒發現，門幾乎被削薄了一層，門鎖已經損壞。

克拉斯記得的最後一個印象是黑色蠕蟲包裹住了自己，四周充斥著嘈雜的怒吼聲。他覺得自己的生命在被一絲絲抽乾，五感逐漸消失，最後徹底失去意識。究竟為什麼會醒過來，他一點也不明白。

約翰被埋住了很久。土地吞沒他後立刻變得密實，即使血族的力量遠大過人類，也很難從中掙脫。

他露在外面的手感覺到有強風呼嘯，外面似乎發生了什麼，厚實的土地隔絕了聲音，甚至有泥土堆進了他的耳道，他聽不清楚。

吸血鬼通常都很害怕掩埋。據說，有些極端些的傢伙連遊樂場的球池都怕。球池傷害不了他們，但會喚起他們隨著血脈而來的恐懼感。不死者害怕再次被掩埋，就像人類害怕高空一樣。

約翰一直在嘗試掙扎，他覺得這還是有點效果的，土壤在漸漸鬆動，只是不知道得耗上多久。他一直擔心著克拉斯，生怕等自己出去後會面對無法挽回的場面……當克拉斯碰觸他時，皮膚感覺到熟悉的體溫，熟悉的心跳節奏，他立刻安心了許多。

又過了不知多久，上面再次傳來雜亂的聲音。有人在挖掘，他也配合著繼續用力掙扎。

然後，那人揮動鏟子猛地挖進來，正擊中他的臂彎。約翰的嘴裡塞滿了泥土，眼睛也張不開，只能無聲地掙扎慘叫著。

上面的人挖出他的整條手臂和頭頂。他皺皺鼻子睜開眼，銳利的銀光閃過鼻尖，他驚恐地一抖，嘴裡的泥土簌簌而下。

「抱歉，差點碰到你。」卡蘿琳把從裙子裡伸出來的銀色馬刀換了個方向，剛才這東西差點刺中約翰的臉。

又是一鐵鏟捅進來，約翰哀號一聲。

「呃，這難道是你的肋骨嗎？」卡蘿琳換了個方向，「我的右手不太好用，不好意思。

別叫得這麼誇張，只是個鐵鏟，對吸血鬼來說像抓癢似的。」

約翰已經露出半個身子，奮力地繼續向外拱，生怕卡蘿琳再戳他幾下。

「太累人了！」卡蘿琳把鏟子插在地上，用手臂抹了抹汗。「這些土簡直像被壓路機碾實了！」她居高臨下地盯著約翰，歪頭皺眉，「嘿，我突然想起來，你不是吸血鬼嗎？」

「這還需要『想起來』嗎？」約翰反問。

「你不能飛出來嗎？」

「不能，如果妳是指霧化，在剛被黑色的蟲子吃掉時我就試過了。可能是被它吞進來的緣故，我根本沒辦法霧化。」

「被埋進坑裡時你試過了嗎？」卡蘿琳再次拿起軍用鏟，約翰緊抿著嘴，時刻準備身體任何地方被擊中。

「我試了，不行，」他說，「也許這其中有什麼門道吧，比如，我被海鳩女士附體過，妳認識她吧？被她附體時我也沒辦法霧化，也許只要是和幽靈疊加時都不能？」

卡蘿琳的鏟子噗的一聲插在約翰胸前的土壤裡，「你就不能再試一次嗎?!立刻！我挖不動了！」

約翰恍然大悟。幻景已經不見了，連卡蘿琳都能活蹦亂跳地跑來了，也許現在他可以霧化了！

嘗試了一下，真的成功了，他變成輕煙飄出去，身後的土石隨之塌陷。他恢復形體，如釋重負。卡蘿琳則盯著他身後，眼睛漸漸睜大。

泥土深處露出一塊枯骨，就在剛才約翰身邊的位置。

「天哪，你們到底經歷了什麼？」卡蘿琳看看那截骨頭，又看看這間儲藏室——四壁到處是削割的細小痕跡，陳舊的置物櫃幾乎被刨成木屑，門板變薄了一層。

「我不清楚，我被拉下去了……」約翰碎念著，環視室內，「克拉斯呢？他怎麼不見了？」

卡蘿琳指指外面，「他已經上去了。放心吧，他沒什麼大礙，只是虛弱得像剛生完孩子。」

「妳是說……他流了很多血嗎？」約翰緊張地握起拳。

「去你的！」卡蘿琳丟給他一個「你簡直不可理喻」的眼神，「你為什麼不先指出我的比喻不恰當？你的腦子長在闌尾裡嗎？」

妳都這麼想了，還非要做這種比喻……約翰暗自腹誹著，跟著她走出地下室。

樓梯外面，走廊中的幽靈們驚恐地圍成一圈，其中阿特伍德夫婦閃爍得尤其厲害。顯然他們知道儲藏室被發現了。他們默默站在那裡，低著頭，看著殺氣騰騰的卡蘿琳和渾身泥土的約翰走上來。

「我們就這麼把它留在這裡？」約翰低聲問。他指的是泥土裡的枯骨。

卡蘿琳的目光掃過一群幽靈，「這些幽靈不能持物，想做什麼也做不了。」

「妳確定嗎？」

「既然他們想隱瞞屍體，那麼，假如能做到，他們早就把屍體重新挖出來埋在別處了。」

太陽已經完全升起來了，幸好清晨的陽光還不太強烈。約翰盡可能走在有樹影的地方，還沒看到卡蘿琳的車，就已經遠遠聽到有女人在哭。

女遊客又在抽泣。她本來就嚇得不輕，還剛剛失去了兩位朋友，現在又得照顧兩個在她看來生死不明的人。克拉斯睡著了，歪倒在車子邊，怎麼都叫不醒。正當女遊客想探探他的呼吸時，車後座上的麗薩醒過來了，可是她的身體仍然不聽使喚，一頭栽了下來。

看到卡蘿琳回來了，女遊客如釋重負。卡蘿琳叫她進車子裡休息，在約翰耳邊說：「你有辦法讓她昏睡嗎？」

約翰正在查看克拉斯和麗薩的情況。「我不能……妳要幹什麼？」

「你看，她要回鎮上報警……」

「是應該報警！帳篷邊有兩個人類死了，這裡又沒訊號，當然得回鎮上報警。」

卡蘿琳咬著嘴唇，把聲音壓得更低：「你的大腦被蟲子吃了嗎？我們得去連絡更多獵人！她如果立刻報警了，這一帶到處都會是警戒線和閃爍的警燈，那時獵人怎麼幹活？」

「給她買個飲料什麼的，下點藥，讓她睡著？」約翰提議。

「我車子裡有瓶裝水，但我上哪去找藥？你不是吸血鬼嗎？你不能催眠她嗎？」

「我不能啊！」

這時，麗薩努力用腳尖踢了踢卡蘿琳，用眼神示意她靠近。麗薩還是不太能動，說話的聲音也很輕：「我的項鍊。」

卡蘿琳依言從她的領子裡拉出項鍊，是個小小的古董香料盒。麗薩用眼神示意她打開，裡面是三五顆孜然粒大小的棕色珠子。

「一顆，睡兩天，吵不醒。」沒什麼力氣的麗薩說得很簡略。

「兩天……麗薩！上次妳是不是給我吃過這個?!」卡蘿琳難以置信地看著自己的搭檔。

「只是試試效果……」麗薩偏開頭。

卡蘿琳和約翰一起把麗薩和克拉斯搬上車，約翰和他們坐在後面，女遊客坐在前座。靠近林頓鎮時，卡蘿琳拿出瓶裝水來，女遊客哭了一整個早上，早就口渴了，她喝了半瓶後就開始睡眼朦朧，最終靠在座椅上睡著了。

「真管用，我上次也是這麼快就睡著的，」卡蘿琳從後照鏡裡看著麗薩，「害我沒辦法參加狩獵狼怪。」

「本來妳就不該去，那時妳肋骨的骨裂都還沒痊癒。」麗薩比剛才恢復了很多，說話也變流利了，可以自己坐穩。

她身邊，約翰和克拉斯一起蓋著遮光毯，連頭都一起蒙住。

克拉斯睡得非常沉，不是昏迷，只是單純地睡著了。約翰能夠從呼吸和心跳感覺到這一點。

以前聽父親說過，有不少血族都喜歡聽人類的心跳聲，執著於感受人類的體溫。那時他還不理解，現在他卻覺得自己也是如此。

實際上遮光毯只是為了遮住約翰一人。他摟著克拉斯的肩，所以毯子才會連克拉斯一起蓋住。黑暗之中，約翰偷偷側過頭，嘴唇輕觸克拉斯的頭頂，而且他的動作還不敢太明顯，生怕被麗薩看出來。

阿特伍德老宅的地下室竟然埋著一具屍體。阿特伍德本人也好，他家的其他幽靈也好，誰都沒有說過這件事。甚至他們還故意隱瞞，說儲藏室被填埋了。想到這裡，約翰突然明白了儲藏室為什麼讓人覺得壓抑。是因為感知與視覺效果上的雙重感覺。

從感知上說，血族自身也可以算是從死亡中重生的，他們通常比人類更容易感覺到死亡的味道。現代公墓通常比較潔淨，不再有這個問題，而老墳場或像這種自行填埋的墳墓（也許算不上墳墓）則有非常明顯的死亡氣息。

而從視覺效果上說，儲藏室的地面被整體加高了。當年，不管是誰幹的，總之埋葬這具屍體的人不僅深挖了向下的坑，還向上填埋了一層土石，重新鋪上地磚。這造成地下室的高度過於低矮，彷彿漆黑的四壁要向人壓下來似的。

可是他們為什麼不乾脆真的把整間地下室填埋起來呢？約翰想了想，最終發現了一個非常簡單的理由——他自己也在那個年代生活過，那時人們沒地方租用大型工程車，阿特伍德家又不是做泥瓦建築業的，沒辦法搞到那麼多土石，更沒辦法自己運來足夠填埋地下室的量。

想到泥土中的一截枯骨，以及老幽靈夫婦沉默不語的樣子，約翰緊緊咬住牙。

他不能想像，這些生物看上去應該算是克拉斯的朋友，但他們也許曾做過非常恐怖的事情。在來這裡的路上，他們還聽著老幽靈的哭訴，他更是敬佩與哀嘆著海鳩女士的命運……可是現在，他幾乎不敢細想下去，當年阿特伍德家究竟是因為什麼慘遭屠殺？

Unthreatening Creature Protection Association

Chapter 16

夜暮與悲劇同在

▼
▼
▼

回到林頓鎮，卡蘿琳找了間旅店，把睡得一塌糊塗的女遊客安置在單獨的房間裡，並把她的個人物品放在床頭櫃上。協會的四個人鑽進另一個房間，麗薩揉著自己仍有些麻痺的身體，克拉斯躺在床上，還沒醒過來。

卡蘿琳已經聯繫了傑爾教官，說明情況，叫他們派更多獵人來配合。麗薩聽約翰複述了被蠕蟲吞掉後的事，她仔細想了想：「約翰，你是說，那裡的東西說了『掙脫牢籠』和『該死的桎梏』？」

「確實是說了，而且語氣咬牙切齒的。」

麗薩的表情變得有些複雜：「這種把生命埋在宅邸下面的行為……像古老的獻祭術。」

卡蘿琳剛剛放下電話，湊過來：「什麼？種下去一個死人，然後長出來一堆邪靈嗎？」

「我沒有開玩笑，」麗薩說，「當然，我現在還不能確定它是什麼。等一會我們和其他獵人匯合後再回去，那時，看看屍體的樣子就知道了。」

「妳認得出來？」約翰問。

麗薩點點頭，「如果是我所知道的那個，我就認得出來。因為我家也有一個。」

約翰差點從床單上滑下去。卡蘿琳愣了幾秒，大叫起來：「我怎麼不知道！妳是說我們公寓下面埋著那種東西嗎?!」

「不是我們的公寓！我是說黑月家。」麗薩擦著眼鏡，不由自主地皺起鼻子，像在談及一件極為噁心的事，「我沒告訴過妳，因為沒什麼必要。反正妳又不會去我家做客，我家的人也不會想邀請妳。」

「別提這麼無情的細節了，說說獻祭術到底是怎麼回事。」卡蘿琳催促著。

「我得先聲明，那不是我父母或祖父母幹的，而是發生在更遙遠的年代。」

麗薩所說的是黑月家成員都知道的事，儘管他們並沒有親眼目睹過。

「黑月家土地的歸屬權一直代代相傳，很久以前，祖先們似乎還有過什麼貴族爵位之類的，這個我都沒怎麼去記。後來我家的房子翻新過很多次，現在它很新，但據說……地下深處的東西從沒人動過。大約在狩獵女巫的年代接近尾聲時，人們捕獲過一個真正的、邪惡的魔鬼，不是西多夫那種惡魔，是魔鬼，遊走人間、滲透進整個世界，妄圖顛覆一切的那種生物。」

「我讀過這些內容，」約翰說，「聽說魔鬼已經絕跡了？」

「是的。你們也知道，在那個大家每天都燒女巫的年代，死去的人大多數都是無罪的。但是，人們又確實不斷被黑暗中潛伏著的東西威脅。真正的邪惡隱蔽得很好，他們巧妙地利用人類，躲在暗處，笑著看人類殘殺無辜。後來，倖存的、真正的巫師和魔女們聯合了一部分獵人，他們團結起來，花了極為漫長的時間去擊敗魔鬼。魔鬼逐漸被殺光了，當年，黑月家的祖先抓住了最恐怖的一個。」

「有多恐怖……？」卡蘿琳的手肘撐在膝蓋上，捧著臉問。

「我不知道，這些都是黑月家的書上寫的。」麗薩聳聳肩，「當年，祖先們不知道是怎麼想的，他們按照獻祭的方式，把捉到的魔鬼處以恐怖的刑罰，再在提前挖好的深坑內殺死。據說那個坑洞非常深……有多深我也沒見過。你們聽說過沒有，世界上每個大洲都有人喜歡在房子下面埋點什麼，有的只是象徵性，有的會埋活物，甚至埋犯人。其實這些都是從獻祭文化中衍生出來的。」

她搖著頭嘆了口氣，繼續說：「其實這真的挺糟糕的。據說，祭品能夠保證住在這塊土地上的家族富裕、強大。只要家族生生不息，人們就永遠不會有危險。就算將來有危險，也不會侵害到家族本身……」

「等等，什麼意思？我開始聽不懂了……」卡蘿琳問。

「就是說，只要這個家族還有人活著，地下的祭品就仍是祭品，它的怨恨只能化作對家族的助益。而一旦這家族人丁衰落，直至全部死去，祭品就會逐步掙脫束縛，變成可怕的東西，從地下爬出來報復。」

「報復誰？」約翰回憶著黑色蠕蟲和幻景裡的聲音，「只要它們出來，不就說明埋葬它們的人都已經死了嗎？」

麗薩搖頭，「也許這不叫『報復』。傷害活物將是它們的本能，像人類的無意識呼吸一樣，它們必然會這麼做，毫無理由。每當有一個用過這獻祭手法的家族覆滅，世上就會多出一個恐怖的怪物，花樣都不重複，而且那家人早就死了，還不用負責，你說這噁心不噁心？」

「妳就這麼說自己家嗎……」卡蘿琳咕噥著。

「這是事實，我哥哥路希恩也這麼認為。當然，這是我家祖先做的事，我們根本改變不了。所以黑月家的人不能死光啊，我們家下面可埋著魔鬼呢。」

麗薩雙手握緊再鬆開，覺得身體靈敏多了。看到約翰和卡蘿琳都在低著頭思索，她又說：「黑月家也是從使用了獻祭後才開始興盛的，根據記載，那些祖先的運氣簡直好得恐怖。」

「可是，阿特伍德家最後一個死去的應該是海鳩女士吧？」約翰問，「那是將近二百年前了，為什麼到今天才出狀況？」

麗薩說：「所以，我現在還不確定它是不是祭品，也許就只是普通的凶殺呢？黑月家誰都沒見過掙脫出來的祭品靈魂，一切都靠記載描述，我無法斷定那究竟是不是。」

「不是她……」微弱的聲音在約翰身後響起。

克拉斯醒了，手抓著毯子，努力想坐起來。約翰趕緊去扶他，發現他的嘴唇在微微顫抖。他看著麗薩，顯然聽到了一些前面的對話。

他的臉色好了很多，但眼神裡滿是驚懼，深呼吸著說完剛才的話：「最後一個死的，並不是海鳩……」

「什麼！」約翰握著他肩頭的手稍稍用力，希望能讓他感到安全點。

「因為與海鳩和兀鷲一起生活，我知道阿特伍德家的很多事情。」克拉斯說，「你們記得那位『祖母』嗎？阿特伍德的母親。她還有過一個女兒，也就是阿特伍德先生的妹妹。」

麗薩恍然大悟，「這個人出嫁後就不再姓『阿特伍德』，但是她仍帶有同樣的血脈！」

只有過於疏遠、淡薄的血脈才不會對巫術產生影響，而拿阿特伍德一家來說，無論是阿特伍德的後代，或是他妹妹的後代，這二者對巫術而言沒有太大區別。因為他們兄妹倆的輩分與血緣親疏程度完全一致。巫術可不管什麼戶籍制度，它只用血緣來辨認。

根據海鳩和兀鷲提過的舊事來看，阿特伍德的妹妹一生平穩，她有後代，但這些孩子的人生就沒人清楚了。也許他們後來因為各種原因一個個死去，當最後一個直系後代死去時，祭品的反噬就會開始。

協會的增援還沒趕到，克拉斯和麗薩打開電腦，查詢那位女兒的姓名。

當年阿特伍德家遭遇的慘劇很具有代表性，一些網站還保留著古老報紙的翻攝，以及對歷史凶殺事件的解密等等。多虧這些，他們也知道了那位女士丈夫家的姓氏。

是個很眼熟的姓氏，雖然它在人群中並不算特別常見——「瓦爾特」。

「瓦爾特……」克拉斯喃喃著，「約翰，你覺得熟悉嗎？」

「好像聽過，姓氏相同的人本來就很多。只可惜，我們查不到瓦爾特家有哪些後代。」

「我想起來一個人，」克拉斯說，「如果他的祖上沒有遠距離遷徙過，那麼從地理遠近上來說，他確實是生活在這個地區的人……」

如果不是巧合……那個人的死亡，確實也就在不久之前。

「羅素的學生，死在他手裡的『巫師』——就是這個姓氏。」

下午，協會的獵人們來與他們匯合了。來的幾乎全都是獵人，驅魔師只有一個。

唯一的驅魔師是史密斯。史密斯的臉沒變，還是上次那個成熟女性的相貌，頭髮染成了（或者他自己變成了）紅色，還燙直了。

見到史密斯讓約翰無比尷尬。史密斯曾叫他「好好保護克拉斯」，可是現在的克拉斯一副低血糖的模樣。

獵人和驅魔師們準備趕往老宅。史密斯勾住約翰的脖子，低聲問：「你的搭檔怎麼了？看起來特別低落，他很少在工作中這樣。」

「他只是很累，之前我們遇到的東西太難對付。」約翰說。

「不，絕不是這樣，我瞭解他，他肯定是遇到了什麼叫人難過的事。」

史密斯的語氣讓約翰有點無力。這位變形怪是克拉斯的前夫……也許應該算前妻，他確實很瞭解克拉斯。約翰只好大致告訴他，克拉斯一直視為老朋友的幽靈很可能做過相當邪惡的事，克拉斯大概不知道該怎麼處理好這一切。

變形怪拍了拍約翰的背，「那就需要你好好支援他了，真的，你最好表現出那種非常堅定的、不論發生任何事都站在他這邊的態度。」

「我當然會，你為什麼這麼說？」

「因為你是他的搭檔，而且你不是人類。」

「能解釋一下你的邏輯嗎？」

史密斯看了一眼克拉斯的背影，克拉斯正和麗薩站在一起，向獵人們詳細解釋可能遇到的情況。

「他其實很怕被誤解，」變形怪說，「他願意幫助各種黑暗生物，也願意阻止邪惡的傢伙侵害別人，同時，他又很擔心有人曲解協會的目標。我們保護一些東西，制伏一些東西，可總會有黑暗生物說——你們是站在人類的立場上做這一切的，你們只是為了奴役我們。」

「怎麼會呢？」約翰第一次聽說這樣的想法，「比如……你看，我是個血族，假如有個我的同類到處濫殺人類，那麼他和人類連續殺人犯有什麼區別嗎？覓食可不是藉口，我們覓食不用殺死人。還有，那個女膠質人吃了鄰居的汽車，結果被關起來了，她吃掉的汽車屬於黑暗生物鄰居，又不是人類的……諸如此類吧。我一直覺得，關鍵是你做了什麼，而不是你是誰。」

史密斯笑了笑，「能這麼想很好。你不知道嗎？這世上有成千上萬的黑暗生物憎恨著獵人和驅魔師，當他們有需要時，就聯繫協會、請求幫助，當他們偷偷犯下的罪行被揭露，他們就會斥責我們，說我們無權對他們的生活指指點點，甚至立刻與我們反目為敵。」

約翰想起了西多夫和蜜雪兒。

「所以，你明白了嗎？」史密斯說，「你是克拉斯的搭檔，而且你不是人類。假如克拉斯真的因為這些事很受打擊，你可以好好安慰他的。」

「你不是也可以嗎……」約翰碎念著。說完他就有些後悔，實在不該突然冒出這麼一句來。

不過史密斯毫不介意，反而笑得更加燦爛。約翰的脊背一涼，敏銳地察覺到自己一定又被讀心了……也怪不得克拉斯和他會離婚！一個能看透偽裝，一個能隨時讀取思想，這樣該怎麼相處……

這句話在腦子裡閃過後，約翰的悔恨再度加深，這句大概也被史密斯讀到了。

「你可以放心，我已經又戀愛啦，和另一個變形者。」史密斯狡詐地笑著，走向其他車子。

他們再次來到阿特伍德老宅。果然如卡蘿琳所說，這些幽靈不能持物，即使努力掩埋的祕密被人挖出來，他們也無可奈何。畢竟他們連屋子裡的垃圾都扔不掉。

獵人們把地下室裡的遺骨徹底挖了出來。那是一具女性骸骨，死亡的年代與阿特伍德一家死亡的時間相差並不遠。她的手腳被切掉，胸膛被剖開，骨頭裡仍卡著當初作為法器的匕首，將她緊緊釘在這裡。

起初，克拉斯還暗暗希望能有別的解釋，現在看來，這一切完全符合獻祭巫術的特徵。

看樣子半實體邪靈只會在深夜出現，所以獵人們都留在老宅等候。他們一言不發，屋子裡的幽靈們也縮在不同角落，幾乎一動也不動。

阿特伍德先生貼在牆壁邊，斷斷續續地開口：「請……不要告訴我的女兒。她和兀鷲都不知道……」

克拉斯翻著手裡的書。他只是機械地這麼做，實際上一頁都看不進去。

老幽靈和他的妻子站在一起。「很抱歉，真的很抱歉……我母親和妻子也不知道。她們是死後才發現這件事。」

「你不該對我說抱歉，」克拉斯偏過頭，看向門前，他的同事們還在討論骸骨，「告訴我它是誰。」

「是個流鶯，」阿特伍德用灰白乾枯的手捂著臉，他已經沒必要隱瞞了，因為無論是否隱瞞，事情都不會改變，「你知道，我父親很早就死於意外，母親則身患重病，當然，那是指我們還活著的時候……不僅如此，那時候家裡的生意也非常不順利。災厄像倒塌的牆一樣砸向我，我急切需要破解這一切的方法……後來我打聽到一個祭祀手法，就是……如你們所見的……」

「所以你就殺了她？」

「不，本來我不相信，也不敢這麼做！」老幽靈的身影閃爍著，一旁的冬青夫人也發出嗚咽聲，「最開始我只是遇到了她，她叫黛絲妮……當時我還很年輕，我沒有背叛過妻子，那是我結婚前的事了。」

他轉向身邊的妻子，幽靈的臉乾枯而模糊，不然他們的表情一定會相當複雜。

「後來，我想擺脫黛絲妮，她則一直糾纏我……有一天她竟然找到了我的家，也不知道是發生了什麼，我竟然殺了她……」

協會的人紛紛輕笑，顯然沒人相信這會是無心的。

「冷靜下來後，我想到了這個獻祭的方法……當時我想，反正已經做了不可挽回的事，為什麼不試試看呢？於是我按照傳言中的獻祭方式，把黛絲妮埋在了老宅最下面……沒想到，就在這之後，我母親的病真的開始好轉了，甚至生意也順利了起來。我結了婚，小有成就，還有了女兒和兒子……可惜好景不長，我知道，一定是因為上帝審判了我，我們沒能享受太久這樣的日子，懲罰就降下來了。」

「是神審判了你？還是別的什麼人？」克拉斯語氣冷漠地問。

老幽靈輕顫了一下，「你說得對……不是神。是向我復仇的人……」

黛絲妮是個流鶯，可她卻有個相互海誓山盟的情人。先不論她的真心如何，那位男士一直深深迷戀著她。

在她失蹤之後，她的情人一直希望找出真凶。那個男人花費了很多年，透過種種手段，逐漸調查出事情和阿特伍德家有關。可是，他沒有能用得上的證據。

年輕人出自比阿特伍德家更有權勢的家庭，他們不僅富有，而且也並不是什麼守法的老實人。若干年後，他的家族生意竟然和阿特伍德家扯在了一起。他父親厭惡阿特伍德，他也越來越無法壓制長年埋藏在心裡的憤怒。

借著家族與阿特伍德家的糾紛之名，他得到了父親的默許，做了他一直想做的事。他帶著一伙暴徒，連夜闖入阿特伍德家，殺死了屋裡的所有人，連嬰孩和身為管家的兀鷲都沒有放過。

在殺死阿特伍德本人前，他咬牙切齒地說出了原因。他沒有給予這些人痛快的死亡，手法非常殘忍，他已經被極端的復仇欲望燃燒得發瘋了。

他並沒找到黛絲妮的屍骨，甚至根本沒有用心去找。他想為愛人復仇，自身最終也化為魔鬼。

再之後的事情，就如阿特伍德所敘述過的一樣。

兀鷲找到倖存下來的海鳩，幫助她尋找那群暴徒和幕後的主使者。海鳩不知道這一切，她只知道自己的家庭被殘忍地毀滅了，她寧願犧牲自己，也要將這些人一個個殺死。惡意與惡意環環相扣，彼此撕咬，一次比一次發酵得更加龐大。

當海鳩面帶微笑走向絞架時，她並不知道自己是踏著多麼黑暗的路走來的。直到死亡，直到化為另一種生命體，她都不知道悲慘命運的起源就在自己家的土地之下。

克拉斯合上書本。站起身時，由於身體仍未完全恢復，微微晃了一下。約翰伸出手扶住他，他回以一個淡淡的笑容。

「快到黃昏了……你又是一整天沒有休眠。」克拉斯低聲對約翰說。

「但是我進食了。剛才在車上我又吸了一包血袋，只是一天不休息而已，對血族來說沒什麼。」

「你留在屋裡吧，現在外面還有陽光。」克拉斯輕輕拂掉他意圖攙扶的手，「我去外面待一會，現在我覺得胸口發悶。」

儘管如此，約翰還是想跟過去，而克拉斯執意要求他留在屋子裡。於是，他站在屋內的陰影下，遠遠看著克拉斯的背影。

阿特伍德仍和妻子縮在角落，垮著肩膀，小聲地不停碎念著：「我們並不是想傷害你們，真的。我一開始就說清了這裡的危險，說了有人死去。發生那些時，我們是真的什麼都感覺不到……這些都是真的，在這方面，我沒有撒謊……」

「你只是想靠驅魔師和獵人解決掉『它』。」麗薩靠在牆邊，冷笑了一下。她不是在詢問，只是敘述。

「克拉斯先生是我的朋友，」老幽靈望向夕陽西下的室外，「我……我怕被他知道那些事……就像我怕被女兒知道一樣……」

但他又需要幫助。他並不是什麼巫術大師，不清楚接下來會發生什麼。他希望有人來祛除掉老宅裡的恐怖，又不願被人們發現他曾經的罪行。在近兩百年裡，他一直扮演著風趣又紳士、偶爾有點神經質的善良老幽靈形象。現在，他害怕了，怕的不是邪靈，而是被人看到過往的一切。

獵人們一直在屋子裡等候，吃零食當晚飯，檢查每個房間。克拉斯獨自看著太陽西落，好久後才回到室內。他告訴老幽靈不用擔心，他們只處置半實體邪靈，因為是它威脅到活物的安全。

「我們不是當年的法官，沒辦法審判現在的你，」克拉斯的語氣很冷淡，協會的人很少見他這樣說話，「你們已經死了一次。我們目前還沒有充足的理由讓已經是幽靈的你再死一次。」

阿特伍德仍在重複他最擔心的一點：「別告訴我女兒，求你。」

「我明白。如果她知道了，她會感到多麼憤怒……和恥辱。」

遠遠地，史密斯從背後使勁捅了一下約翰的腰，悄悄說：「去安慰克拉斯一下！他現在滿腦子都是難過和失望，我都不忍心讀下去了！」

那你就不能別讀嗎！約翰為難地看看身邊的變形怪，又看看克拉斯。

他當然也想去和克拉斯交談，如果可以的話，他甚至想把一切都交給趕來的獵人，自己則和克拉斯遠離這裡，談談幽靈知識也好、領轄血族的奇聞異事也好……總之，他很不習慣看到克拉斯面色晦暗的樣子。

「可是我能怎麼安慰他？」約翰低聲碎念著，「大廳裡有這麼多人，過去來個擁抱什麼的會不會太……」

「你們又不是沒擁抱過！在小黑屋裡都可以，這裡怎麼不行！」

「你怎麼知道！」約翰努力控制著音量。史密斯指的應該是地堡監獄的那次，當時約翰被煙霧影響，變得精神緊張。

「因為你一直在回味那段記憶，」史密斯又用手肘戳了他一下，「電影裡演得沒錯，吸血鬼都是娘娘腔嗎？一個擁抱就夠你回味這麼久？」

約翰非常非常想學個不被讀心的法術。他撐著舊矮櫃的邊角，托著額頭，強迫自己背誦能記起來的歌詞，驅趕腦內一切值得變形怪挖苦的部分。

現在，克拉斯開始和獵人交談，聊著他們遇到的事。氣氛變得不適合來個突兀的安慰……約翰有種鬆了口氣的感覺。

變形怪能讀心，而約翰不能，可他卻覺得克拉斯的低落並不僅是因為阿特伍德。其中一定還有什麼別的，約翰一時說不清。他還是覺得整件事裡有什麼不太對勁，即使真相已經近在眼前，卻仍有沒被發現的盲點。他認為既然連自己都這麼覺得，克拉斯應該也隱約察覺了。

又是幾個小時過去。

遊客情侶和死去的獵人都是在凌晨死亡的，昨天黑色蠕蟲的襲擊也發生在凌晨。這一次也一樣，凌晨三點多，同一時間，整棟房子陷入比夜色更濃重的黑暗。

阿特伍德一家和其他幽靈憑空消失了。在半實體邪靈發動襲擊時，他們似乎被隔絕了起來。獵人和驅魔師都準備好武器，有的是銀色光芒形成的馬刀，也有的是塗抹了特殊粉末的普通砍刀。

這次先出現竟然不是黑色蠕蟲，而是只有普通人大小的白色影子。也許就是襲擊帳篷裡的遊客們的那個。同樣是半實體邪靈，它和蠕蟲不同，纖細又敏捷。黑色蠕蟲吞噬人類，而它則試圖像水蛭一樣貼在人身上，去吸取他們的靈魂。

體型龐大的蠕蟲自始至終都沒有出現。當然，這麼多獵人也沒有白來，他們在幾小時內對付了好幾個邪靈。白色影子被砍碎徹底消失，同時，還有人在二樓對付半獸形態的東西。還有些形狀不規則的邪靈、速度極快地想衝出屋子，或者嘴巴大得占了身體的一半……也許之前這些東西也存在，只是黑色蠕蟲太大了，完全遮蔽了它們。

時間過得很快。三個多小時後，天又快亮了。老宅裡再度恢復平靜，過濃的黑暗褪去，房子呈現出黎明前應有的樣子。

「它們真的死光了嗎？」卡蘿琳晃著手裡的武器，「屍骨明明只有一個，怎麼會冒出這麼多邪靈？還有，我們就不能對『黛絲妮』的屍體做點什麼嗎？比如說燒了它，或者渾身寫滿咒語什麼的……」

「那沒用，」麗薩說，「根據記載，被獻祭的生物一定會產生反噬，哪怕屍骨已經融化都一樣。這些邪靈應該都是因她而產生的，得殺死『黛絲妮』本身才能結束這一切，問題是，我們不知道哪個才是她。」

獵人們各自交談著，準備回鎮裡休息。史密斯和麗薩邊走出房子邊討論如何找到黛絲妮，只有克拉斯仍站在門口，靜靜看著屋子裡漸漸出現的幽靈們。

約翰已經一天沒休眠了，清晨的陽光讓他有些暈眩。本來他已經回到車上拉起遮光毯，可是看到克拉斯的樣子時，卻又想回去說點什麼。他並不像史密斯一樣能夠讀心，可他就是覺得克拉斯的凝視別有深意，並非僅僅對阿特伍德失望這麼簡單。

當約翰終於決定下車時，克拉斯卻轉身走過來了。他沉默著打開門，坐在約翰身邊，仍然望著老宅。

車子發動以後，他才慢慢收回視線，轉而握著雙手低頭思考。約翰一直從毯子的縫隙裡偷看，最終，他從邊緣伸出手，輕輕搭在克拉斯的前臂上。

「我沒事，」克拉斯說，「只是在想一些問題。」

「關於什麼？」

「一言難盡，等我把思路整理清楚，會告訴你們的。」

幾輛車駛回林頓鎮，忙碌了一夜，很多獵人都在車裡睡著了。剛到鎮外，開在最前面的車子緩緩停下，後面的司機們也紛紛探出頭，或乾脆停車走下來。

不遠處有一座老年療養院，住了不少來自附近幾個大城市的老人和長期臥床者。現在，療養院門口停了兩輛警車，當地治安官正拿著對講機，神色焦慮地請求地區警方增援。

獵人們紛紛醒過來，驚訝地看著眼前的一切。

療養院門口的臺階上倒著兩具屍體，像是想逃跑但沒能來得及。人們毫不懷疑，在室內一定還有更多死者。女看護顫抖、哭泣著，對員警斷斷續續地講述發生的事。

卡蘿琳和麗薩對視一眼，一起走過去。克拉斯也下了車，他要求約翰留在車裡，因為現在太陽已經升得越來越高了。

儘管被員警阻攔無法靠近，他們也能隱約聽到看護說的話。

「從沒發生過這樣的事！我發誓，我看到有什麼進來了，那絕對不是人類，被它抓住的人都死了……」

當被問到「妳看到的人有沒有說什麼」時，看護回答：「我聽不清楚，似乎一直在說『不、不』，還有『後悔』什麼的，以及一些很零碎的單詞……我不知道它想說什麼……」

克拉斯拍拍麗薩的肩，「回車上，我們得回老宅去。」

「怎麼了？」

「它擴散開了。最開始只是在一個房間內，然後是整棟房子，接著是附近的林地，昨天波及了樹林裡野營的人……今天就已經到了林頓鎮外！」

史密斯遠遠盯著他。因為能夠讀出他此刻的思考，史密斯的表情越發訝異。他叫住克拉斯：「嘿……我明白你的意思了。我去和其他人說。」

克拉斯點點頭，回到車上。約翰隔著車門聽到了這些，他發現克拉斯的表情更緊張了。

幾輛車發動起來，調頭返回。克拉斯靠在座椅上，緩緩說：「約翰，我們可能得……去殺死老宅的所有幽靈。」

「什麼！為什麼？」如果沒記錯，之前大家還都認為只要找出黛絲妮就夠了。

卡蘿琳比約翰還驚訝，麗薩提醒她小心看路開車。克拉斯說：「妳聽到那個看護說的話了嗎？她們遇到的邪靈說話了。」

「邪靈和幽靈一樣，人類是聽不懂他們聲音的含意的。」麗薩補充說。不僅聽不懂，它們的聲音聽起來根本就不是語言。可是，看護說襲擊她們的東西能夠說話。

克拉斯緊緊閉上眼，再睜開。

「剛才一路上，我在想……當我們離開老宅時，屋子裡的幽靈和鬼魂看起來越來越少了。而且，你們記得『迷霧』和『安安』嗎？巨大的幽靈，和非常喜歡到處跑的年輕女性幽靈。從昨天下午起，我們誰都沒看到迷霧，今天早上我們也沒有看到安安。」

「也許他們只是沒出現……」約翰隨口回答。其實，他也已經開始明白這意味著什麼了。

「迷霧的特性就是身材龐大，幾乎堵住走廊，讓人覺得身處大片陰影中。而安安擅長發出嗚咽聲，身材小巧，到處竄來竄去……我很不願意這麼想，但是……我們所遇到的黑色蠕蟲也許就是迷霧。而那個白色的、襲擊過帳篷裡遊客的，則是安安。」

車子裡一片沉默。

在凌晨三點多到六點左右，老宅的幽靈和鬼魂都會被遮罩，之後，他們也想不起來這幾小時內究竟發生過什麼。

這根本不是失憶，他們只是短暫地成為了邪靈，成了黛絲妮的傀儡。

約翰點點頭，回憶起在幻景裡的一些細節。

「我想起來了……我先被捉住，當時克拉斯你還沒出現，那些聲音說自己沒有什麼力量，還說了『一旦開始無法停止』、『感染』、『它們的獵物成為我的一部分』。我一直在想那是什麼意思，可是後來發生的事太驚人了，」他看了一眼卡蘿琳，有種肋骨還在隱隱作痛的錯覺，「我沒能認真地去想一想。也許它的意思就是，這些幽靈身上出現了某種感染，他們殺死的人都會成為它的養料……」

被感染後的幽靈在特定時間內成為另一種東西，就像帶毒的觸手般伸向外面。老宅裡的一切活物都已經死去，連昆蟲和動物也不例外。然後是樹林裡的東西，樹林外的露營者，接著，它們開始蔓延向林頓鎮……

「你們大概該想到了，」克拉斯說，「出現在林頓鎮外的邪靈能說話。而在老宅裡，現在唯一一個能和人類對話的幽靈是……」

「是阿特伍德。」約翰當然知道。老幽靈身體裡有那塊閃閃發光的鑽石作為法器，讓他的言語能夠被所有人聽懂。

回到老宅後，幽靈和鬼魂們探頭探腦的，不知道為什麼獵人們再度折返。阿特伍德依舊和冬青夫人靠在一起，「祖母」站在他倆面前，像是想要保護自己的兒子。這裡的幽靈和鬼魂少了一大半……因為，昨天被獵人們殺死的邪靈有很多很多。

在屋外，克拉斯、麗薩和史密斯低聲交談，獵人們以及約翰則站在一旁。接下來是施法者的事，獵人能幫上的忙不多。

約翰聽到史密斯在問「確實沒有別的辦法嗎？」以及麗薩回答「祭祀的反噬都是不可逆的，如果不這麼做，它們擴散的範圍會越來越大」……

「我知道他們的本名，」克拉斯說，「連教名我都知道……他們家族每一個人的。麗薩，史密斯，其他幽靈交給你們，他們和鬼魂由我來，因為只有我能看見鬼魂……」

驅魔師們回到車子裡調製藥水，把藥水發給每個獵人，獵人守在老宅外，形成阻擋幽靈們逃離的壁障。

約翰站在樹影裡，披著遮光毯。當克拉斯把藥水交給他時，約翰忍不住問：「你不去和他們說清楚嗎？」

「說什麼？」克拉斯抬眼，有些疲憊地看著他。

「說……就是關於感染，關於他們在不知情之下做的事。你看，一切都是阿特伍德造成的，後來寄住在老宅的幽靈是受害者……」

克拉斯搖搖頭，「和他們知情與否沒關係。我們只能這麼做。」

「可是，協會難道不應該保護他們……」

「協會保護的是無威脅、無危險性的那些。」

說這句話時，克拉斯把每個字的發音都咬得非常重。約翰分明可以聽出，他是在掩飾語調中的哽咽。

「抱歉……」約翰說，「我剛才不是在質疑你們……我只是一時很……」

「我知道，」克拉斯無力地對他笑笑，「他們會帶來大片大片的死亡，會繼續讓殺戮擴散，我們不得不這麼做。正因為他們之中有很多是無辜的，我才不想把事情告訴他們。如果先把真相說出來，再殺死他們，那麼……他們最後的意識中剩下的，會是自責與悔恨。與其這樣……」

他停頓下來，沒有說完，轉身和另外兩位驅魔師走向老宅。

阿特伍德摟著妻子，疑惑地看著他，克拉斯回頭看了看門外，問：「我想起一件事……冬青夫人，在很久很久以前，老宅外面是不是一片花園？」

阿特伍德替她回答：「是的，你看那片不成形的荒地，雜草叢生。老宅充當過軍隊醫院，那時花園就已經被移除了，人們搭建了很多簡易的房子，後來簡易的房子又被拆掉……」

「花園裡曾經有很多冬青叢，」克拉斯說，他的手心裡攥著銀粉，以及毀滅幽靈所用的咒文水晶顆粒，「所以冬青夫人才這樣自稱，對嗎？我猜，黛絲妮也見過這個花園。」

黛絲妮當然見過。所以她的幻景中會有夜晚的街道、城外的樹林、老宅前的花園……當年她走進花園，走進阿特伍德家的大門，就再也沒能離開。

屋外的獵人們捧著藥水。空氣中彌散出來的氣體會阻止幽靈，讓他們無法逃脫。約翰忍不住瞇起眼睛，老宅窗戶內不時閃爍的光芒比陽光還要刺眼。幽靈和鬼魂的尖嘯，就像吹過山谷的風聲。

不久之後，老宅再度安靜下來，克拉斯在餐廳的桌子面前慢慢蹲下，看著桌子下面那個縮成一團的鬼魂。

幽靈們、鬼魂們都消失了，徹底不復存在，最後一個剩下的是它。

它自身幾乎沒有力量，但它能感染其他靈體，讓他們在凌晨變成殺戮者，慢慢吞噬附近的生命，一點點向活物更多的地方擴散。每多吸取一個靈魂，它就會變得強大一點，活物的生命就是它的糧食。

平時的它確實非常弱小，只有到了凌晨，它才會居住在幻景裡，等待被感染的幽靈們帶回獵物。

剛來到老宅的那天克拉斯就見過它。那時它也在同個位置，模糊又弱小，看不出性別，一動也不動，就像最普通的鬼魂一樣。而現在，它已經清晰了很多，克拉斯能夠看出它的輪廓了。

雜亂的捲髮，赤裸的身體，她是個蒼白的、談不上多美麗的年輕女孩，她沒有手腳。

「黛絲妮……」

陽光從沒有玻璃的窗戶撒進來，白天的餐廳中，只剩桌子下的一片陰影。隨著施法者們的咒語，她的身體逐漸在光芒中徹底消散。

等協會的人們知道更多細節，是在回到西灣市之後的事了。

他們研究了骸骨上的痕跡，查詢了更詳盡的資料……當年在阿特伍德老宅內，大約凌晨三點多時，血第一次濺了出來。黛絲妮被擊中頭部昏倒，還沒徹底死去。之後的幾小時裡，她的手腳被砍掉，胸口被剖開，身體被釘在土地之下。到了六點多，清晨的陽光撒向大地，她在泥土之下慢慢變得冰冷。

克拉斯走出老宅時，約翰也從樹蔭下走了出來。他任憑遮光毯落在腳下，陽光有點灼熱，但還能忍受。他向克拉斯走去，欲言又止。克拉斯只是做了個阻止的手勢，要求他退回陰影裡。

克拉斯的頭髮有點亂，臉上還掛著微笑，約翰記得，第一次見到他時，自己看到的也是這種笑容。

現在他有種錯覺，覺得克拉斯就像要溶解在陽光下似的。

回西灣市時是麗薩開的車，卡蘿琳睡得很死，這兩天她也累得要命。半路上，獵人們和更多警車擦肩而過。療養院和露營帳篷邊的事也許永遠都不會有合理的解釋，阿特伍德老宅也永遠不會再有鬼魂活動的痕跡。

他們到夜裡才回到市區，麗薩把車停在協會所在的辦公大樓下，約翰和克拉斯下車時，卡蘿琳還睡得不省人事。

「她一直是這樣，不需要醒的時候就不會醒。」麗薩笑笑，「克拉斯，你沒事嗎？」

「我能有什麼事？」克拉斯打開後車箱，把自己的旅行包拿出來。

「真的不用我送你？」

「不用，妳和卡蘿琳回去吧，」克拉斯退開一點，對她揮手，「別忘了，瑪麗安娜還一個人在家裡呢，妳們真是不稱職的父母，把小孩一個人丟在家。」

麗薩發動車子，「哈，這可是你和約翰弄回來的孩子，竟然還嫌我們不周到。」

車子在夜色中駛遠。約翰一直看著克拉斯的背影，克拉斯站在路邊，把手機掏出來又放回去，重複了好幾次。

約翰剛要開口，克拉斯回過頭說：「約翰，介意我去你家借宿一次嗎？」

「什麼！」

「不方便？」

「沒什麼不方便……只是……」約翰也不明白自己在緊張些什麼，「你不回家去嗎？你可以打個電話給兀鷲，叫他來接你……」

克拉斯又轉過身，似乎不希望約翰看到他說這句話時的表情。

「我不知道該怎麼面對他們。海鳩和兀鷲……我該怎麼告訴他們？」他嘆口氣，「我知道躲不開這件事，只是……今天不行，我需要點時間。」

約翰也回答不出什麼。他向前走幾步，覺得自己笨拙得像個只有幾歲大的人類小孩，他想伸出手碰碰克拉斯的肩，或像史密斯說的——擁抱他一下，但是，現在他一手拿著旅行包，另一手拎著攜帶式冷藏箱……

「那我們走吧，」他說，「我住的地方不算近，得走上一會了，還有，只要你不介意是地下室的話。」

「我不介意，我都去過無數個地下室了。」

「這個很特別，它可是吸血鬼的巢穴。」約翰故意壓低聲音，模仿恐怖老電影裡陰森的旁白。

「沒關係，我和巢穴裡的『領主』關係親密。」克拉斯用同樣的語調回答。

約翰想了想，把東西換到同一隻手上，然後湊近克拉斯身邊。

「巢穴的領主想和你談談。」

「我一直在和他談，」克拉斯奇怪地看著他，「現在就在談。」

「街上不是說話的地方，」約翰用盡可能神祕的語調耳語，「領主要帶你回巢穴！」

他已經忍不住笑了，這句話說得尾音打顫。

看看四周，街道很安靜，於是他用空出來的手攬住克拉斯的身體，出其不意地將他扛了起來。血族的迅捷速度猶如一陣疾風，比人類行走與奔跑不知快上多少倍。

「抓緊你的提包！」約翰大喊著提醒。

「我是不是應該象徵性地掙扎一下？」

「不用了，我可以默認你已經掙扎過了！」

克拉斯想笑，又因為姿勢而笑不出聲。約翰跳過窄巷盡頭的牆，有時從小商店外面的燈箱招牌上踩過去。

寬一點的街道上偶爾還有車子經過，夜遊的青少年走出酒吧後門，靠著燈箱招牌閒談，沒人注意到血族和他的搭檔從夜幕下的陰影裡閃過。

約翰的家和人類的沒什麼區別，除了沒有窗戶、空氣不太流通以外。當然，他也根本不需要呼吸。

簡單洗漱後，克拉斯替自己在地上鋪了臨時的床。

約翰去洗臉時，對著鏡子放空了很久。幸好吸血鬼不像某些傳說中一樣無法在鏡中出現，不然他現在就沒辦法矯正臉上不自然的表情了。

他認為一定是因為見到了史密斯，每次見到史密斯他都會局促不安，因為史密斯總要拿他和克拉斯開玩笑。

「只是借宿，就像在地堡那時，或者像中學生們一起睡在誰家的閣樓一樣……」他在心裡默默重複著。

等他回到床前，克拉斯已經睡著了，而且睡得很沉。他當然並不想讓克拉斯睡在地上，於是，他嘗試著碰了一下黑髮青年縮成一團的身體，發現沒反應後，就乾脆把他抱起來放到床鋪上。

「睡得真沉，簡直不像人類了……」約翰暗暗笑著。

沒有窗戶的地下室讓人分不出時間。第二天克拉斯醒來時，屋內亮著一盞檯燈，大概是約翰怕他醒來會看不見路。看看手表，已經是上午了，他發現自己躺在床上。他坐起來，並不大的房間裡卻沒有約翰的身影。

洗漱完，他去檯燈旁坐了一會，隨便拿起幾本雜誌看了看……無意地一瞥，他發現床下有一團陰影。

他走過去蹲下，差點笑出來。約翰直直地躺在床底下，如果不是因為他睡著野營墊、還穿著睡衣，姿勢就和棺材裡的屍體差不多。克拉斯忍不住伸手過去輕輕碰了碰約翰的臉，沒有體溫，觸感硬冷，約翰醒著活動時皮膚比現在柔軟很多。

「謝謝你。」克拉斯輕聲說。他留了張字條給約翰，悄悄離開了地下室小屋。

剛走到街上，手機便響了起來。來電號碼是克拉斯自己家。接聽時，他的手幾乎有些顫抖。是兀鷲，他聽說協會前往老宅的人回來了，想確定克拉斯沒事。

克拉斯深吸一口氣，站在路旁，來往的陌生人從他身邊匆匆而過。

處理某些事情時，他寧可約翰不在身邊。他也不知道為什麼，但如果約翰站在這裡，他會更加沒有勇氣面對必須面對的事。

一週後，克拉斯和約翰從某棟公寓走出來。他們剛剛見了個血族女人，和約翰一樣是野生的。她實際上已經幾百歲了，但外表停留在十三四歲。她第一次嘗試以學生身分生活，於是求助於協會，希望能有效躲避一系列身體檢查。

拿著她的基本登記資料離開公寓後，克拉斯突然停下腳步叫住約翰：「對了，有件事，我想徵求一下你的意見。」

「嗯？什麼？」

「你要不要搬到我家住？」

約翰刷地回過身，整個面部表情都凝固了。

克拉斯攤開手，「我只是問你要不要搬過來，又不是在和你求婚，別擺出這麼震驚的表情好嗎……」

「可是……」約翰吞吞吐吐的，「你怎麼會突然想到這個？」

「看起來像是因為些自私的理由，」克拉斯說，「我經常收留暫時無處可去的超自然生物，最近我家二樓住著幾個皮克精，還有準備移民到美國去的食屍鬼廣告設計師……老實說，有時候我忙不過來。」

他頓了頓。「你也知道，海鳩和兀鷲已經走了。」

就在前幾天，海鳩和兀鷲離開了克拉斯。他們已經知道了阿特伍德老宅發生的一切，從頭到尾。

海鳩說她並不責怪克拉斯，只是暫時無法面對他，無法和他共處。

「你救過我們，是我們的朋友，這一點不會變，」她這樣說，「可是我必須離開。也許有一天我會回來，也許不會……我不能確定。因為我沒辦法看著你，只要看著你，我就會想到那些事……」

在契約者和愛人之間，兀鷲選擇了後者。他鄭重地對克拉斯道歉，辭別，甚至為克拉斯烤了好幾天份的點心，讓克拉斯有點哭笑不得。

如果克拉斯願意，只要他說一句話，兩個幽靈就無法離開。因為他和他們定過契約，甚至對他們做過法術改造，幽靈得服從他。但他沒有這麼做。

幽靈不需要房子，不需要財產，海鴆和兀鷲可以去任何地方。

也因為這個原因，現在約翰開始無照駕車了……兀鷲離開了，克拉斯不會開車。約翰硬著頭皮習慣了幾天，現在也可以上路了。起初他推辭過，說自己沒有駕照，克拉斯反問他「難道你以為兀鷲會有駕照嗎」，並給了他一張假的。

現在約翰沒立刻發動車子，他遲疑著問：「如果我去你家住……你用盥洗室時就得關門了，這樣好嗎？」

「你以為那幢房子只有一間盥洗室嗎？」克拉斯說，「等等，你是考慮同意了嗎？剛才你一直不說話，我還以為你不準備搬過來。」

「我為什麼不同意？」約翰幾乎覺得有點激動，「我很願意去幫你。」

克拉斯低下頭，笑得有點不好意思，「其實我並不是為了讓你幫忙才這麼說。我早就想問了，從地堡那次起我就想問……可是一直沒有適當的機會。」

「適當的機會？」

「據我所知，你住的地下室要被房東回收了。我覺得這是很好的機會，這時我提了，你多半會答應。」

約翰難以置信地看著他，「你怎麼知道房東要收回那間地下室的？」

克拉斯笑著聳聳肩，「因為我關心搭檔。」

「當初富豪警衛長說得沒錯。」約翰突然沒來由地說。車子開出市區，他要先把克拉斯送回家，然後再回自己的地下室，用幾天收拾東西。

「哪方面？」

「還記得嗎，剛去地堡時，他還以為你才是吸血鬼。」

「因為他是個很單純的狼人，而且他又沒有真知者之眼。」

「不是這個問題，」約翰單手扶著方向盤，開現在的車比他想像的容易許多，都不需要手動換擋了，「看看你自己，獨自住在郊外的、家人留下的房子裡，房子遠得要命，去一次市中心要開那麼久的車。家門口還有石像鬼雕像，屋裡有一堆神祕的東西……你不覺得你更像小說裡的吸血鬼嗎？我才像被吸血鬼欺騙了的無辜普通人。」

「你總是愛用『吸血鬼』這個詞，」克拉斯揉著頭髮，無奈地笑笑，「如果領轄血族聽到你這麼說話，一定會被氣得當場捏碎杯子。」

「我妹妹也很愛這麼說，她還喜歡乾脆說『怪物』和『妖魔』呢，說我們全家和她自己。」

「怪物沒什麼不好，人類小孩也會幻想被伽馬射線照射、或被昆蟲咬了之後能變得與眾不同。」

送克拉斯回家後，約翰再把車子開回自己家附近，這輛車像是徹底變成了他的。克拉斯家確實是太遠了，如果朝西灣市的其他方向走，這個車程簡直都要開到另一座城市去了。幸好約翰在夜間不用休息，更不會睏倦。

回到地下室的租屋處後，約翰摩拳擦掌地收拾行李。大到冰箱，小到襪子，他仔仔細細地規畫搬家順序，考慮著哪些要帶走，哪些就放棄不要。

他還打了通電話回老家，說自己要搬去和搭檔一起住。不過他沒說要住在搭檔的家，只說是員工公寓之類的地方。

「你不會已經咬過他了吧？」電話裡，父親的質疑一針見血。

其實就算承認也沒什麼。那種情況下他是迫不得已的，但約翰還是撒謊否認了，還解釋了一大堆自己不肯咬同事的理由。

父親嘆了口氣，根本就沒理會約翰的謊言，「你到底咬了幾次？」

約翰垮下肩膀。儘管父親在電話另一頭，遠在家鄉，他仍有種被當面斥責的錯覺。

他只好把發生的事說清楚，並且保證只有一次。

父親非常嚴肅地說：「記住，『締約』是非常不道德的行為，現在是文明社會了，我們絕不能對人類『締約』。」

「什麼？」

「抱歉……是我的錯，我疏忽了，以往我們總用針筒，我以為不需要講這些了，所以就沒怎麼提過……是我沒講清楚，我不是個好老師。」

父親是家裡的第一個吸血鬼。從人類倫理的角度看，他應該算是繼父才對。雖然也是野生血族，但父親畢竟已經活了很久，多少知道些血族的常識。

他告訴約翰，人類被血族的牙咬第一次時會被「標記」，此後，血族想制伏這個人類就會更容易——這一點，在地堡監獄時克拉斯已經講過了。當人類第二次被同一位血族咬，則稱為「刻印」。這次，除了使人類更易被制伏外，血族還能夠在一定距離內感覺到這個人的生死，大概的感知範圍相當於一個中等城市的大小。刻印能讓血族清楚地知道自己還有多少預備餌食。

第三次被同個血族吸血，就是「締約」。

這一次與前兩次有著致命的不同：締約之後，這個人類將完全服從吸血者的命令。人類仍保有自主意識，日常生活也不會受到任何影響，但如果和他締約的血族命令他躺下來露出脖子，他就只能照做；血族叫他不能說出去一個字，他也會無條件服從。

血族的獵食並不像恐怖小說所描寫的一樣。他們不是草原上的獅子，並不是等餓了才去辛苦狩獵。只有暴徒和殺人狂才會在小巷裡吸乾人類的血，留下爛攤子。更穩當的做法是，預備一批「食物」，不但不殺死他們，還讓他們正常生活，只在需要時吸食鮮血。這樣一來，沒有人類會死，沒有超自然案件，血族也不容易被發現。

有時，獵人會在戰鬥中不小心被血族吸血，那麼，接下來獵人們一定會殺掉這個血族，因為他們不希望有第二次甚至第三次。當然，過去也有些人類會出於各種各樣的原因，自願追隨某個血族。

欺騙人類進行締約是不道德的。現在，無論是領轄血族還是野生的，大家都默認這一點，把這當成必要的道德標準。

值得慶幸的是，使用抽血的方式則不會建立標記，就算用同一人的血液十次八次，也不會變成締約。標記、刻印和締約都只有獠牙能做到。

「我聽說你的搭檔是法術專家，也許他明白這一點，」父親說，「所以，你更得注意，不要讓他誤解你別有所圖。」

「是的，我知道，那只是個意外，保證不會有下次。」約翰坐得直直的，雖然父親也看不見。

心裡亂得像一團意大利麵，他暗暗驚嘆，克拉斯為什麼竟然不害怕……或者是，自己真的看起來一點威脅感都沒有嗎？

在約翰掛了電話去休息的同時，克拉斯站在灰色房子外。

現在是早晨，他難得地起得很早，穿著淡藍色的襯衫和休閒西裝，褲子稍微有點皺……因為海鳩離開了，他不知道這東西得先燙平一下。

一輛舊款的黑色勞斯萊斯 GHOST 停在他面前，司機走下來對他點頭致意，為他拉開後座的門。

克拉斯坐進去，對身邊的男人打招呼：「上午好，沒想到你親自來了。」

男人推了推眼鏡，和他握手並點頭致意，姿態優雅得就像他們不是在車子裡，而是在上流交際圈的舞會上。現在也沒有幾個人會穿正規的三件式晨禮服出門了，除了路希恩・黑月。

「我看了你傳來的資料，」路希恩的聲音一如既往的輕柔，「我非常樂意幫助你，這對我的研究也有助益。不過有一點我不太明白……」

「是什麼？」

「那些資料。你也可以提交給協會總部，或者，如果你信任黑月家的能力勝過協會，你為什麼不先告訴麗茨貝絲，而是直接聯繫我？」

克拉斯搖搖頭：「我和麗薩太熟了，所以暫時不想和她說這些。」

「你害怕被他們知道。」

「是的。」

在傳給路希恩的資料中，克拉斯寫下了他所疑惑的每個細節。從約翰吸血時看到的奇怪畫面，再到羅素借用靈魂的事，以及不久前在阿特伍德老宅失去意識再醒來……黑色蠕蟲是如何消失的，布滿割痕的地下室是怎麼回事，沒人看到究竟發生了什麼。

協會的獵人都以為割痕是邪靈造成的，連約翰也這麼認為。克拉斯從那時起就感到恐懼，他決定借助黑月家研究者的能力，檢查自己身上的祕密。

他想查清自己身上發生的事，而路希恩也需要一個……研究對象。

「你不害怕嗎？」路希恩問。

克拉斯很堅定地搖頭，「我自己也是研究者，我不怕古魔法。地堡的典獄長曾經叫我時刻警惕自己，我真正害怕的是……」

他笑了笑，後半句話沒有說出口。他知道路希恩會明白他的意思。

我害怕的是潛藏在我身體裡的、不知名的東西。我害怕自己真的會在某一天將身邊的人拖入地獄。

Unthreatening Creature
Protection Association

Chapter 17

紳士的視野

▼
▼
▼

卡蘿琳狠狠踩住怪物的後頸，對它的兩條腿一邊開了一槍。怪物嘶聲慘叫，不停掙扎，在卡蘿琳正要對尾巴也來一槍時，它的手臂像脫臼一樣向後折疊，抓住卡蘿琳的腳腕把她拉倒，尾巴拍掉了她手裡的槍。

卡蘿琳左手拔出腰間的匕首，怪物翻身將她壓住時，她也反手割開了怪物的喉嚨。

「不——！」麗薩大叫，「妳不能……」她的檻車法術準備到一半，手裡的法陣還沒畫完。

麗薩根本沒來得及說完。怪物的喉嚨被切開，顫抖著癱軟下來。它的血把卡蘿琳幾乎澆透了，身體也重重癱倒，壓在卡蘿琳身上。

「我們有許可，別大驚小怪，」卡蘿琳也不著急推開屍體，躺在原地平復呼吸，「能帶就帶回去，實在不行就殺掉，協會總部就是這個意思，放心吧。」

麗薩痛苦地扶著額頭，一步都不想靠近。當然，這並不是因為怕髒。

「卡蘿琳，妳……妳要知道，這是一隻『魅影蟲』啊！」

被殺死的怪物身後拖著一條長尾巴，皮膚蒼白，臉上有一對蒼蠅般的複眼，長著虹吸式口器……同時，它有人類般的頭部和四肢，與人類特徵微妙重合的模樣非常符合恐怖谷理論，就像惡夢裡的怪物。

一隻魅影蟲，它們在夜晚偷偷襲擊人類，把口器插進人類的皮膚下，以人體的脂肪與水分為食。有些人會一夜之間甩掉肚子上的贅肉，更多的人會因為被過度吸取而當場死亡。就算沒有死，這也不等於免費抽脂手術。就像被蚊子吸血後會留下腫包一樣，被

「叮」過的人會出現後遺症。

魅影蟲的叮咬會讓人出現各種幻覺，幻覺的種類多種多樣，沒有統一標準。幻覺會維持多久誰也不知道，因為很少有受害者能不受影響，平安活到終老。

「魅影蟲的血會導致感染！天哪！」麗薩一手撥通電話，一手按著心口。

「什麼？不會吧？」卡蘿琳正在努力把屍體推開，「我緊閉著嘴呢，沒有喝進去。」

「妳臉上有傷口！」麗薩拿著電話走出建築物。她們在一片廢棄廠區內。

卡蘿琳擺脫了屍體，站起來，覺得身上沒什麼異樣。她撿起地上的槍，看看四周，也沒看到什麼幻覺。

就在她打算跟著走出去時，強烈的倦意襲來，讓她幾乎站不穩。手裡的東西淅瀝嘩啦地掉了滿地，她踉蹌了幾步，終於失去意識跌倒了。

不知昏睡了多久，醒來時，卡蘿琳精力充沛，神清氣爽，身上沒有任何地方不對勁。她躺在協會辦公區的醫療室裡，穿著寬鬆的睡衣。

她坐起來伸了個大大的懶腰，還舉著手時，門開了，一名穿著黑色西裝的年輕男人走了進來。

卡蘿琳的第一個想法是——這人長得很像路希恩，也就是麗薩的哥哥。

下一秒，這個男人竟然三步併作兩步朝卡蘿琳撲了過來，毫無徵兆地一把抱住她。

卡蘿琳愣住了。接著，男人竟然伸手撫上她的臉，動作有點娘娘腔，飽含著令人不適的過度親密。卡蘿琳背上泛起一片雞皮疙瘩，猛地推開他，用力一腳踢過去。男人被踢中肚子，驚叫著翻倒在地。

外面一陣喧鬧，有別人跑了進來。來的是兩名年輕女性，棕黃色頭髮的那位穿著夾克和牛仔褲，另一個黑髮的打扮得規規矩矩，像個百貨公司的值班經理。

她們攙扶起趴在地上的男人，他撿起眼鏡，驚慌地看著卡蘿琳。

「卡蘿琳？」

平心而論，這個男人長得很秀氣，可是行為太詭異了。

「卡蘿琳，妳怎麼了？」黑髮女性也開口問。

卡蘿琳感到一陣焦躁，她想走下床，發現身上貼著監控心跳的貼片。於是她把手伸進衣領，想扯掉它們。

然後她的動作僵住了。

她確認地摸了摸，發現……自己的胸部不見了！

不僅如此，她下低頭，自己的手臂變得更結實，手掌更大，這明明是男人的手！她低聲說了句髒話，卻發現自己的嗓音也不一樣了，變得更加低沉……

這時，黑髮男人又戰戰兢兢地靠近，這次倒是沒有直接抱上來。

「妳不認識我們了？天哪，難道妳失憶了？」

接下來，他的話讓卡蘿琳差點尖叫起來：「我是麗薩啊，麗茨貝絲．黑月。」

大約過了半個小時。

卡蘿琳把自稱「約翰」和「克拉斯」的兩個女人趕出去，鑽進被子裡，徹底檢查自己的身體……尤其是下半身。

然後她十分豪放地把自稱是麗薩的男人按倒，非要脫掉他的衣服看看。得到了答案後，卡蘿琳傻傻地坐在床上，絕望地看著天花板。

「妳說什麼！妳覺得我變成了男人？」麗薩扣好襯衫，震驚地看著卡蘿琳。

卡蘿琳再次上下打量「她」，悲傷地點頭。

在卡蘿琳的眼裡……甚至觸感裡，麗薩是個穿著黑色西裝的年輕男性，短髮梳得一絲不苟，怪不得乍看之下很像路希恩！而約翰和克拉斯看起來變成了女性，連髮型和服裝都變成了更適合女性的款式。

「你們……你們其實沒有變，對嗎？」卡蘿琳可憐兮兮地問。她可很少這樣說話。

麗薩點點頭。並沒有人被改變性別，麗薩今天穿的是黑色套裝——當然是女裝，她的長髮仍整齊地盤在腦後；克拉斯和約翰也還是原來的模樣，沒人穿低胸T恤或高跟鞋。只有卡蘿琳覺得大家的性別都反轉了。

「我現在在幹什麼？」卡蘿琳把手放在自己胸口。

「……在摸自己。」麗薩皺眉。

「這樣呢？」於是，卡蘿琳乾脆盤著腿，握住……更私密的地方。

麗薩回答：「妳摸到的是妳腿之間的床單……天哪，妳的幻覺到底是什麼樣子？相信我，妳那裡什麼都沒有長！」

可是卡蘿琳卻覺得非常真實。她找到鏡子，觀察視線裡的自己。看起來是個很年輕的金髮男子，頭髮稍微有點長（但比她以前的短多了），凌亂地披在頸邊。他滿臉不耐煩，完全是遊手好閒的不良青少年模樣。

「麗薩，我得說，妳變成男人後比我還要英俊……」卡蘿琳無力地放下鏡子。

「我本來就比妳英俊。」麗薩毫不體貼地說，在收到卡蘿琳抗議的目光後，她故意揉揉肚子，提示卡蘿琳自己剛被無辜地踢了一腳。

她們打開門，讓約翰和克拉斯也進來，並說明了卡蘿琳的問題。約翰一直想笑，又因為多少有點畏懼卡蘿琳而不敢笑出來。

克拉斯困惑地思考了很久，讓卡蘿琳試試觸摸他的「胸部」，當然是卡蘿琳所看到的、幻覺裡的胸。

「真讓人不好意思。」嘴上說著不好意思，卡蘿琳卻毫不客氣地照做了。她清楚地感覺到自己伸出手，男人的、骨節分明的手，捏了一下「那個」克拉斯的胸部。

克拉斯和約翰對視了一下。

在大家眼裡，卡蘿琳根本什麼都沒碰到，她只是把手伸過來，貼近克拉斯胸口，做了一下捏的動作。

他們又帶卡蘿琳去見協會其他人。卡蘿琳絕望地發現，幾乎所有人都變了：櫃檯的艾麗卡變成了一位小個子男人，長得一副小白臉的樣子，還穿白西裝和粉色襯衫；傑爾教官成了面色嚴肅的中年女人，讓卡蘿琳想起自己中學時的歷史課教師，而且「她」的襪子是棕色的；魔女血裔的那位男士現在是個真正的魔「女」，形象也十分火辣性感，身材像成人畫報上的女郎；人間種惡魔洛山達是變化最大的一個，他的外形也變成了女性，而且他在卡蘿琳的視線裡只穿了比基尼。

「你本來穿著什麼？」卡蘿琳問。

「黑色的皮衣，褲子上有鐵鍊……」洛山達摸了摸皮夾克上的鉚釘，可在卡蘿琳看起來，「她」是在拉比基尼的肩帶。

經過實驗證明，卡蘿琳的幻覺還不只是性別顛倒這麼簡單。她找不到大廈電梯真正的位置，槍械在她眼裡看起來是各種鮮花、蔬菜、冷凍鮪魚。當一份漢堡店外送擺在她眼前時，有些食物完全沒有改變，也有些變成了石子、名片夾、麻雀的屍體……她把原子筆看成鉛筆，把瀝青路看成石板路，分辨不出正確的交通號誌顏色……

她眼裡的世界完全混亂了，而且有些部分毫無規律可言。

魅影蟲造成的幻覺病例很多，每個病人遭遇的幻覺類型都不同。他們會認不清食物，看不出危險，最終要不是陷入瘋狂，就是因為幻覺的欺騙而遇難。

協會的人忙著查找資料，打電話尋求幫助，試圖找出解除幻覺的辦法。他們還叫來了史密斯，讓他當場改變了四五次外貌，每次卡蘿琳看到的都和他真正變化出來的不一樣。

接著他們做了相機實驗。照片裡的人在卡蘿琳看來也是性別相反的，服裝款式也隨著性別變化，連照片的背景都有些微妙的改變。

這之後是畫作實驗，在卡蘿琳眼裡，《維納斯的誕生》變成了「蝙蝠俠抱著一隻白色的狗在衝浪」，而電影《黑天鵝》的海報看上去是「冰霜傑克在吃披薩」。

「這也太誇張了……」約翰忍笑忍得臉都痛了，「比我們變成女人還要誇張！」

「你好像在笑？」卡蘿琳望向「棕黃色頭髮的女人」。

「我明明沒有，一定是因為妳的幻覺……」

在大家尋找治療方法的那幾天，卡蘿琳每分每秒都生活在顛覆感中。

被麗薩帶回家後，她看到瑪麗安娜也「變」成了男孩，而且還頗為詭異地長著貓耳朵和貓尾巴，身材修長，只穿了一條內褲，簡直像某種情趣影片的畫面。而事實上，瑪麗安娜穿著吊帶睡裙，已經熟練地掌握了人類的烹飪技巧，正在煮玉米濃湯。

幻覺在卡蘿琳的感覺裡無比真實，很多生活細節都不得不為之改變，連洗澡都變成了一件驚世駭俗的事。

還有，她覺得自己的房間看起來也不一樣了，為避免她踢到地上的東西，麗薩和瑪麗安娜得像伺候老年人一樣把她扶上床。

「我連電影都沒辦法看了，電影也都變成了不知所謂的東西……」卡蘿琳蓋好被子，可憐兮兮地說。在她的耳朵裡，自己的聲音是男聲，到現在她都還沒適應。

與此同時，克拉斯靠在沙發墊裡，膝上放著筆記型電腦。約翰捧著一疊列印好的資料坐在他對面。

「龍息炙烤過的牛肝菌粉末……」約翰拉著長音念出來，「這是什麼？」

克拉斯仍專注在電腦螢幕上，邊打字邊回答：「這個不用擔心，現在有很多施法材料都可以用同等成分的化學製劑代替，我們不用真的去找龍。」

「那麼『杜松子酒兌上蝙蝠骨灰』呢？」

「很不幸，這個沒辦法代替，得真的配製出來，讓她吃掉。」

「聽起來就很噁心，她真可憐。」約翰拿著記號筆，把沒有成品、需要尋找的材料一一標出來。

克拉斯的螢幕右下角出現一則新郵件提醒，來自路希恩：

> 上次的結果出來了，感謝你的配合，屬於我研究領域的部分請允許我保密。目前看起來，你身上沒有因巫術造成的後遺症，細節還待進一步篩查。下次可能會進行記憶探知和屬性應激測試，可能會造成一定的痛苦，如果你仍願意繼續，詳情面談。

克拉斯露出很淺的微笑，又立刻收斂。

他想，這套說辭和牙醫差不多。如果牙醫說「不痛苦」就等於會有點痛，說「有點痛，很快就好」時，你得做好痛到腿軟的心理準備。

接下來的幾天，他們依舊忙於為治好卡蘿琳而四處收集藥材。

薰衣草粉末，百里香葉子……這些很好找，在協會的法術材料庫房裡就有。

取同一隻三花貓的三個顏色的毛，量大約是軀幹部分的全部，收集毛髮燒成的灰燼……這就得去打擾凱特豪斯家的族長，靈媒獸約瑟夫老爺了。約瑟夫只有黃白兩色，但他可以命令他的臣服者獻上毛髮。

幫軟綿綿的三花貓剃毛時，約翰有種罪惡感，彷彿他不是在剃貓毛，而是在剃禿一個妙齡女孩的頭髮。

「忍一忍，孩子，」約瑟夫用人的坐姿坐在小貓面前，還翹著二郎腿，「妳只是失去一點毛髮，還會長回來的。這只是一點小代價，公園裡的所有同伴都將得到更多的罐頭！」

三花貓咪咪地叫了幾聲，老老實實地趴在約翰腿上。「她說什麼？」約翰問。

約瑟夫攤開爪，「她說我們這些男人很自私，關鍵時總是犧牲女人的利益。」

約翰歉意地對貓聳聳肩。他從沒想過有一天自己會和貓進行如此嚴肅的對話。

幾個小時前，克拉斯躺在沙發上，額頭和眼睛上蒙著散發玫瑰精油味道的熱毛巾，身上蓋著絨毯。穿藍色工作服的年輕女孩從裡面的房間走出來，把咖啡放在克拉斯身邊的茶几上。

「你沒事吧？」女孩試探著問。她的衣服就像牙科診所的護士，讓克拉斯覺得把找路希恩比喻成看牙醫還真沒錯。

「沒事，已經好多了……」克拉斯無力地回答。

「現在你能屈伸一下腿部嗎？」

「可以，放心吧，我自己也是研究者，沒事的。我只是受到了嚴重的精神創傷，得多躺一會……」

這時路希恩也走出來，帶著彷彿沒睡醒的表情。「你該回去了，」他說，「這次的實驗確實有點痛苦，我不知該怎麼感謝你才好。當然，結果還不明朗，但研究過程也是很有意義的。」

克拉斯隨便哼了一聲，他一點都不願意回想剛才經歷的事情。雖然這是他自願的，而且也不會留下任何肉體傷害。

這裡是路希恩的私人小型別墅，更準確地說，是小型研究所。魔法學者的實驗室並不好玩，如果不是為了各取所需，克拉斯絕不會自願當「志願者」。他想知道自己是否安全，在沒有得到答案前，他不想被協會的朋友知道。路希恩會保守祕密，他是典型的黑月家學者，和研究無關的事情他不會多說一句。

聽說在遙遠的年代中，連獸化人或惡魔都會在法師的實驗室裡發瘋。法師們喜好潔淨，不會搞出滿屋血淋淋的場面，儘管如此，實驗品的經歷也不會比酷刑舒服到哪裡去。

當然，克拉斯知道，路希恩對自己相當手下留情了，除了不能使用麻醉的情況，實驗中他盡可能使用了減輕痛苦的藥劑。路希恩的女助手也很體貼，她會把自己的手伸過去讓克拉斯握著，雖然克拉斯拒絕了。

儘管如此，一切仍宛如惡夢。克拉斯想過中止，可每當想起心中深藏的疑慮，他就又願意繼續下去。

當初協會總部的驅魔師們對他進行過檢查，卻什麼都沒發現，因為他們只使用了非常基本的探知，客氣得像抽一管血這麼簡單。

克拉斯自己也是施法者，他非常明白，自己身上確實有些不尋常的東西。羅素說這些也許是真知者的其他潛能，克拉斯很希望結論真是如此。他想要答案，路希恩也想進行有意義的研究。

女助手去換掉了工作服，準備開車送克拉斯離開。最近克拉斯每天都會在上午過來、傍晚之前離開，以便在約翰醒來前回到家裡或者協會辦公區。

離開前，路希恩吞吞吐吐地叫住克拉斯：「我聽說麗茨貝絲有了點麻煩……」

「她沒事，有麻煩的是她的搭檔。」

「這和她有麻煩是同個意思，」路希恩有些傷感地嘆口氣，「她總是給自己找麻煩。她不熱愛家族和知識，更喜歡做那些短視的事。」

克拉斯本來想說一句「協會並不短視」，最終還是忍住了。路希恩本來就和麗薩不一樣。

在送克拉斯離開的路上，助手小姐不停在說話，當然說的都是黑月家允許她說、且她也知道的。也許是平時過得太壓抑——畢竟路希恩不是什麼風趣的人。

她談及的話題包括：路希恩很希望麗薩將來能繼承家族，因為他另一個弟弟比較像母親，是個天生的商人而非法師。

「真奇怪，我還以為這種家庭都是長子繼承。」克拉斯說。

女孩表示認同：「我也覺得奇怪。當然，麗茨貝絲比路希恩要有趣得多，可能是年齡相差得大的緣故。路希恩更願意一個人沉浸在研究中一輩子，讓他打理家族的事才是要了他的命，偏偏黑月家又必須讓研究者繼承，商人就不行……」

她還在喋喋不休地發表看法，這時克拉斯的電話響了。是約翰，按下通話鍵的時候，克拉斯竟然覺得莫名緊張。

「嗨，你醒得真早。」

「是啊，等等我要去協會把最近搜集的材料歸檔。你在哪裡？」

「我去看牙醫了。」克拉斯瞟了一眼開著車悶笑的女孩。

「怪不得，你說話有氣無力的，」約翰說，「對了，剛才麗薩打了通電話給我，據說出了什麼很嚴重的事。」

「關於藥劑的？」

「似乎是關於其他事。你看完牙醫了嗎？需要我去找你嗎？」

「不，不用。我正在趕去協會的路上了，等會見。」

掛上電話，克拉斯長長舒了一口氣。開車的女孩調侃道：「你看起來真緊張，簡直像偷偷約會時騙老婆說在加班。」

「比這個還緊張多了……」克拉斯自嘲地笑笑。

克拉斯趕到協會辦公區時，麗薩已經帶著卡蘿琳在這裡等著了。卡蘿琳很難得地沒有故意打扮成電影人物，只穿著簡樸的格紋襯衫和運動褲，靠在沙發上，滿臉的生無可戀。

她的一切娛樂活動都被該死的幻覺剝奪了，連看手機螢幕都能看出不一樣的畫面和文字，根本無法操作。用她自己的話來說，「如果不是因為麗薩和瑪麗安娜的男性版本滿好看的，早上起床時我根本沒勇氣睜眼」。

「看這個，」麗薩把一張列印紙遞給克拉斯，「內服藥的材料我們準備得差不多了，外用的解毒劑才是最麻煩的。」紙上是原文和麗薩的翻譯標注。

「眼淚？」這是映入克拉斯眼睛的第一個詞。

「被成功治癒的受害者——的眼淚，」麗薩說，「吃完口服的幾樣之後，再像滴眼藥一樣把它滴進眼睛，這樣才能徹底解除幻覺。」

「我們還找得到痊癒的人嗎？」

「找得到，在國外。我們已經把卡蘿琳的情況上報了，協會也向各地的獵人組織、研究機構發過郵件。幸運的是，真的有這麼一位仍在世的痊癒者。」

克拉斯點點頭，繼續看下去。絕大多數受害者都沒有機會痊癒，偏偏想要治療就得找到另一位痊癒者，這還真是矛盾。

眼淚竟然不限於人類的，只要是能流淚的物種都可以，只要它被魅影蟲感染並痊癒過。

櫃檯的艾麗卡敲了敲門，走進來。「嗨，門科瓦爾家族回覆了郵件，他們說可以安排引薦。」

「門科瓦爾？」克拉斯和麗薩異口同聲。

艾麗卡點點頭，「是啊，我們在兩個地方找到了痊癒者，一位是血族，屬於門科瓦爾家，另一個屬於伊斯坦布爾的變形怪家族……後者沒有回應我們，門科瓦爾家倒是說願意配合。」

卡蘿琳癱坐在沙發上碎念：「……吸血鬼和變形怪會流眼淚？」

「會，我見過史密斯哭，」克拉斯想了想，「一起看《羊男的迷宮》時，他哭得滿臉都是黑色眼影，豎著的。」

「那你也見過約翰哭嗎？」

「目前還沒有……但我記得理論上血族是可以哭的。」

「保險起見，我能試試嗎？」卡蘿琳問。

「妳要幹什麼啊……」

「只是試試，我保證會注意輕重。萬一他們不能流眼淚怎麼辦？」卡蘿琳交叉十指，壓了壓關節。

他們正說著，艾麗卡側頭看看走廊。「嗯？約翰，你到了？為什麼站在外面不進來？」

聽她這麼說，克拉斯探出頭。約翰面色糾結地站在外面。誰都不會想走進一個正在談論如何揍哭自己的房間。

「我保證吸血鬼可以流眼淚，好嗎？」約翰貼著牆走進來，「我妹妹經常哭，親眼所見。」

克拉斯把列印紙塞給他，「你還記得嗎？我們接觸過門科瓦爾家的人。上次在羅馬尼亞時。」

「我記得，聽說他們家族還資助了協會。」

麗薩把手肘撐在桌上，托著下巴，「唉，又是門科瓦爾……」

「門科瓦爾怎麼了？」克拉斯問。

還沒等麗薩回答，對任何傳聞都略知一二的艾麗卡插話：「啊，我聽說……黑月家有祖先在門科瓦爾家族？」

「什麼叫『在』門科瓦爾家族？」約翰問。

麗薩回答：「就是說，那位長輩不再屬於黑月家，現在屬於門科瓦爾。」

「她嫁給了吸血鬼？」

「不，是『他』。他成為了吸血鬼。現在他不姓黑月。」麗薩沒什麼好隱瞞的，是幾百年前的事了，和現在的黑月家基本無關。

艾麗卡翻了翻手裡的資料，「那位先生該不會剛好叫『亞瑟』吧？願意提供眼淚的治癒者也叫這個名字。雖然這名字很常見……」

「天哪，就是他……」

和領轄血族打交道非常麻煩。一般人的思路是：提供眼淚的人先哭一通，收集起眼淚郵寄過來就好，彼此都方便，可是與領轄血族交涉就不能這樣。

當你需要他的眼淚、毛髮、血液……或任何此類東西，即使是很微不足道的要求，你也必須親自去面見他，並當著他的面施法或製作藥劑。因為他們必須監督你的行為，防止你用淚水做其他事。這事關血族的自身安全。

克拉斯和約翰向協會提了申請，打算陪麗薩她們一起去。畢竟現在的卡蘿琳簡直是生活不能自理，帶著她就像帶著個不滿學齡的孩子。

他們將乘航班先到曼谷，門科瓦爾家的子嗣會在那裡迎接他們，然後再一起坐私人小飛機去度假島。這是一座可定製私人度假方式的小島，有錢人常會將小島包下來幾天到幾個月不等。

拿到地圖，上網搜索小島情況後，約翰的第一個反應是：「這個亞瑟是有病嗎？」明明是個吸血鬼，竟然去熱帶小島度假！就算是好幾百年的老怪物，不會因日光受傷，太陽的熱度還是會讓人很不舒服的。

「我也覺得他有病，」麗薩正在預訂機票，「你看到他們家族的子嗣發來的通知函了嗎？竟然還要求我們要準備正裝！」

「我看到了，為什麼？」約翰問。

「誰知道，也許他們想辦酒會。領轄血族都是這樣，又閒又愛裝腔作勢。」

「記得上次我們見希瓦家族的人嗎？」克拉斯說，「聽了一整天家族史講座，才僅僅見到個代理話事人。」

麗薩闔上電腦，從沙發上拎起卡蘿琳。

「等辦好相關手續，我會馬上通知你們出發。克拉斯，記得幫約翰準備正裝，當然不用一直穿著。別讓他穿那身像個推銷員一樣的廉價西裝。」想了想，她又補充，「也別讓他穿你的，尺寸稍有偏差就會顯得很難看。去商店找成衣吧，雖然比不上定製的，但至少比隨便穿好。」

她拉著卡蘿琳走遠，邊走邊說：「妳就穿我的衣服好了，雖然妳覺得自己是個男的……」

克拉斯對約瑟擠擠眼睛，「你看，她也是黑月家的人。黑月家好像都是這麼注重形象。」

「你還見過黑月家的誰？」約翰問。

克拉斯莫名地緊張，「呃，也沒有誰……」他意識到，上次協會和路希恩有來往是因為惡魔那件事，但約翰沒見過路希恩。

「我聽說麗薩還有兩個哥哥，一個在經商，一個是法術專家兼大學教授。」

「麗薩的哥哥……」約翰覺得莫名好笑，「我猜，他們的模樣就是現在卡蘿琳眼裡的麗薩。」

克拉斯也配合地笑笑，心裡默默打算著找機會寄封郵件給路希恩，告訴他下次試驗得延期。而且這封郵件還不能回家再寄，否則有被約翰發現的危險。

克拉斯告訴自己，這不算欺騙。只要最終結果是好的，那麼就等於什麼都沒發生。他不希望約翰也陷入和自己一樣的擔憂中。

登機出發的那天，克拉斯從隨身的小件行李裡拿出遮光毯，遞給約翰。飛機起降時空服員會要求乘客打開舷窗，有時陽光會十分刺目。在需要時，約翰就全身罩上遮光毯，腰上綁著安全帶，像被綁在座位上的屍體。

「他沒事，只是不太舒服，個人習慣問題。」克拉斯替約翰向空服員解釋。

約翰確實是真的不舒服。他從沒坐過飛機，因為以前他沒有合法身分。他不會像人類一樣暈機，卻同樣會在飛機爬升時耳朵痛。

比約翰還不舒服的是卡蘿琳。她恨不得也把自己包裹起來。據說，在她眼裡的空服員小姐是穿女式泳裝的男性海岸救護員，前座靠背螢幕裡播放的影片也都是畫面混亂、邏輯不清的片段。她只能靠睡眠度過無聊的時光。

漫長的飛行時間相當難熬。到達曼谷後，他們直接在機場內和接應人匯合。

據說門科瓦爾家派來的人「非常顯眼」，事實確實如此。那人遠遠地就認出了克拉斯和約翰，約翰也一眼就認出了他……的袍子。

一群來往旅客之中，穿中東婦女黑紗的身影十分明顯。約翰想起了丹尼，那個在羅馬尼亞時遇到的門科瓦爾家血族。他不確定這位是不是丹尼，畢竟他都沒見過丹尼的臉。

黑袍人直直向他們走過來，微微鞠躬：「尊敬的盟友們，尊敬的兄長，我代表門科瓦爾家族迎接你們，亞瑟主人在他的居所等待諸位。」

「丹尼？」約翰覺得這聲音很耳熟，而且確實是男聲。

「是我，原來你還記得，野生的。」丹尼的語氣立刻就變得沒那麼彬彬有禮了，前面那句話大概是必須的營業禮儀。

丹尼在日光下會很難受，所以白天得穿著特殊黑袍。也因為這個原因，來往的旅客總頻頻望向他……他不僅穿黑紗，還是連臉都不露、只留著眼睛縫隙的那種，他大概比電影裡的貴族吸血鬼還要引人注目。

為他們領路時，丹尼不時看向卡蘿琳，「這位年輕女士就是病患？」

「你是怎麼看出來的？」麗薩問。

「她看我的眼神就像在看大腳怪，一定是被幻覺所困。」

「不，在我眼裡你不是大腳怪，而是個古代波斯少女，基本上沒穿什麼布料，還挺性感的。」卡蘿琳仰起頭，單手捂著眼睛。

坐上私人飛機後，丹尼抱怨起了他的搭檔。他和保爾是來這裡調查案子的，結果在泰國遇到了他家族的高位長者，也就是亞瑟。

亞瑟「極為熱情」地邀請他去吉毗島——就是現在他們要去的島。作為後嗣，丹尼不能拒絕，於是就帶著保爾一起去了島上。結果沒過多久，亞瑟收到求助，準備幫助無辜的人類女孩卡蘿琳，還準備邀請協會的客人來參加熱帶夜酒會，他讓丹尼負責接應，丹尼仍然不能拒絕。

「為什麼你不讓保爾來呢？」約翰想起在羅馬尼亞時，瑪麗安娜看過丹尼和保爾在走廊親熱，想必他倆並不僅是搭檔關係。

丹尼更加氣憤了，「保爾？哈，他起初死活不願意去吉毗島，結果去了之後就玩得不亦樂乎！我必須服從亞瑟主人，可是保爾不用，他只要在島上玩就可以了！」

「可是你出門比較……不方便。」約翰說。丹尼在白天還得穿黑袍，保爾好歹是人類。

「這就是我接下來想抱怨的，」丹尼說，「他竟然去狩獵了……」

「狩獵？那不是度假島嗎？」

「我們本來就是為狩獵才來泰國南部的，來的不只我們，還有泰國當地的獵人，以及門科瓦爾家的其他子嗣。我們在追獵一個墮落者。這事不急，有人去做就行。」

「墮落者？」約翰不太明白。有趣的是，身為血族的他不懂，在場的三個人類倒是都一清二楚，紛紛了然地點頭。

克拉斯問：「門科瓦爾家出現墮落者了？」

丹尼說：「很久前的事了。最近他又現身了，我們就得行動。家族下達的獵殺令永久生效。其實泰國南部已經超過我們的領轄範圍了，我本來不用管這些，可是獵人們要追殺他，我也就跟著一起行動。再加上，亞瑟主人和家族內的一些兄弟姐妹也在附近，所以……我也得表面上表現得積極點。」

他說著，看了茫然的約翰一眼，「野生的，你聽不懂？怎麼還不如人類……」

克拉斯小聲對約翰說：「就是《紀元前荒原法典》第三十章，關於罪人被逐出領轄的部分。」

約翰想了想，「呃……『永世獵殺』？」

「對。由於百年前新法案通過，這個部分變寬容了。」

血族家族痛恨叛逆者。若犯下忤上弒親、出賣族人、濫殺紅血（舊典中指人類）等重罪，罪人就會被斥為墮落者，他會被家族除名，並遭到家族的獵殺。

在舊法案中，每個家族成員都有義務追殺墮落者。不論墮落者身在何處，家族內的成員或互相結盟的家族都要狩獵他。後來，大約一百多年前，領轄血族們修改了這部分，改成『墮落者不得靠近本家族領轄，否則格殺勿論』，也就是說，大家可以不用每天費力地到處找罪犯了。現在血族們基本上各有各的日子要過，沒人願意為此投入太多精力。

只有一種情況除外：如果外出的血族和墮落者相遇或靠近，那他就同樣有義務追殺罪人，除非罪人再次逃亡、遠離。

充分回憶和理解這部分後，約翰得出一個結論：「也就是，如果亞瑟先生和你都不來泰國……你們就不用獵殺他？」

「是這樣沒錯，」丹尼說，「誰叫我同時也屬於獵人組織呢？獵人們要找那傢伙。」

「聽起來很刺激……」卡蘿琳嚮往地說。

「妳只是來治病的，別管這些。」麗薩皺眉瞪了她一眼。

丹尼感慨地說：「這方面，亞瑟主人也很看得開……他根本不積極尋找叛逆，他只是在島上玩，純粹地、不帶任何其他目的地玩。」

大約一個多小時後，他們到達吉毗島。飛機和機場內部間架起了接駁通道，讓他們不必暴露在陽光下。機場很小，沒走幾步就能看到外面。

等著他們的竟然是一輛六匹馬拉的大型箱式馬車，黑鋼琴漆色的光亮車身上鑲嵌著金色線條。馬車雖然很古典精緻，但實在是和環境格格不入。這裡是熱帶島，周圍景觀植物以芭蕉和椰樹為主……車夫甚至還穿著花短褲和海浪圖案的襯衫。

馬車掛著遮光窗簾，廂內一片漆黑。進去後，只有約翰和丹尼還能看清東西。

「我覺得好像在坐靈車……」卡蘿琳抱怨著。

車夫將他們送到小別墅，丹尼負責帶他們去各自的客房。除了小型機場和貨運所有工作人員外，現在島上都是亞瑟的侍從和朋友。

丹尼臨走前說：「我要去休息了，你們把禮服準備好，接近午夜時會有馬車來接你們。」

留給他們的是設施精美的兩間套房，窗簾拉得很緊，適合人類也適合血族。最誇張的是，這兩間套房都是大床房，床還是圓形的。

「亞瑟到底認為我們幾個是什麼關係？」麗薩站在門口，撐著行李箱的拉杆。

「這裡本來就是有錢人的蜜月聖地，」克拉斯說，「也許只有這種房間。」

「我到底什麼時候能拿到眼淚！」卡蘿琳已經在床上打滾了。

克拉斯準備了自己和約翰的正裝，他自己的是灰色，約翰的是黑色。大概是因為摺疊手法不怎麼樣，經過長途飛行後，衣服在箱子裡被壓得皺巴巴。

休息了幾小時後，他們開始做準備。畢竟面見領轄血族的高位者是件莊重的事。

「你會打領帶嗎？」克拉斯問約翰。

約翰搖頭，「不會，我只用過帶拉鍊的那種領帶。」

「那我來試試看……以前兀鷲教過我。」

克拉斯先在自己脖子上試，勉強能把領帶繫起來，可是怎麼看怎麼是傾斜的，還有點向外翻。他想著，會不會是替別人打比較容易，就改為先幫約翰繫，結果出現的成品更加扭曲。

約翰也試了試，效果還不如克拉斯的。

「你怎麼就不會打領帶呢？」克拉斯嘆息著。

「我從來就不會啊……」

「我是說，你畢竟是從那個年代過來的，你怎麼不會打領帶呢？」

「那時我用不上領帶。」約翰努力摳著手裡的布團。

他好不容易替克拉斯繫上了領帶，不僅繫得醜，還解不開了。克拉斯仰頭等著。約翰越是著急就越弄不開，領帶似乎被他打成了死結。用點力氣也許能扯開，可他又怕弄壞領帶。

約翰盯著手裡的死結，同時也會一直注視著克拉斯的臉和脖子。還有微微昂起的下巴、偶爾顫動一下的喉結……兩個人都剛換上正裝襯衫，西裝外套暫時扔在旁邊的圓形床上，此時他還在努力解著克拉斯的領帶，一系列動作顯得非常曖昧。偏偏，床的另一側還有面鏡子，一偏頭就能看到這個曖昧的畫面。

「等等，你抓到領子了。」克拉斯伸手捏住約翰的手指。

「噢，我再試試……」約翰手上用力，死結還是沒解開，倒是克拉斯被拉得更近，兩人的鼻子差點碰到一起。

約翰尷尬地笑笑，手上再用力，領帶發出嘶啦一聲，斷掉了。不僅如此，因為他不小心抓住了襯衫領子，還扯落了第一顆釦子。

兩個男人坐在圓形的床邊，無力地捂著額頭。

「要是兀鷲和海鳩在就好了，以前都是他們幫我打理……」

「我們還有麗薩！」

敲開隔壁房門時，他們同時發出讚嘆的聲音。麗薩的黑髮披在肩上，用電捲棒重新捲過。她摘掉了眼鏡，穿著深藍色的一字領小禮服，和平時稍顯死板的形象相差甚遠。

卡蘿琳剛換上紅色的吊帶短裙，麗薩正在幫她化妝。看到約翰和克拉斯（卡蘿琳已經能夠辨認出女性長相的他們了），她一臉崩潰地抱怨：「你們能想像我剛才的感受嗎，在我的眼裡……麗薩是個男的！她剝光我的衣服！」

「別這麼誇張，妳覺得妳自己也是男的！」麗薩向屋裡喊。之後，她上下打量門前的兩位同事……發皺的褲腳，腰部出現橫褶的外套，克拉斯一手拿著撕裂的領帶，一手捏著一枚釦子，約翰胸前的領帶繫得像絞首結。

「你們兩個……到底對彼此做了什麼？」麗薩同情地看著他們。

血族僕人們一一為他們送去請柬，以及每人一支玫瑰。酒會場地和客人住的別墅間只有不到三分鐘的路程，亞瑟卻要求客人們都坐雙人馬車赴會。大廳門口，穿燕尾服的血族僕人為賓客登記、引路、寄存物品，一切有可能造成傷害的物品都不得帶進場。

約翰第一次見到這麼大批的同伴。男子對女士行吻手禮，身上的禮服勾勒出他們挺拔修長的身材；女性大多手持羽毛扇，身穿十七世紀的貴婦禮服裙，低位者對高位者行屈膝禮。大廳裡，「向您的尊長與血裔奉上讚美」或「月色祝福您與您的血脈」這樣的語句此起彼伏，場面和電影裡的血族聚會相差無幾。

協會的四個人則具有明顯的人類特徵。麗薩和卡蘿琳身上的是酒會小禮服，長度不到膝蓋，頭髮也披散著，克拉斯和約翰的衣服是萬用款式的白領西裝，而不是其他賓客那種新月領禮服和硬翻領襯衫。

「現在我們四個是什麼樣？」卡蘿琳低聲問。她看不到真實的模樣。

麗薩說：「妳像參加畢業舞會時第一次穿小禮服的中學生，克拉斯像混進上流宴會的記者或者小企業家，約翰像……男交際花。」

克拉斯的領帶斷了，麗薩把約翰的領帶給他用，幸好顏色還能搭配。而約翰乾脆沒有繫領帶，麗薩讓他換了一件深色襯衫，解開一點領口，請束上的玫瑰取代絹帕，插在黑西裝胸前的口袋上。

「什麼叫男交際花……」約翰低聲碎念著。他是在場唯一一個沒扣好襯衫領子的客人，有不少血族女士用扇子擋著臉，邊偷看他邊竊竊私語。

克拉斯四下觀望，低聲告訴約翰：「亞瑟的客人種類很豐富。血族是最多的，還有人類，除此之外……」

他又看向拿著香檳大笑的兩位女士，「——狼人和做過耳朵整形的精靈裔，」自助點心臺前不停拿小蛋糕的胖老頭，「烏拉爾山脈熊人，」長髮拖到膝蓋的嬌小少女，「迷誘怪。」

「……以及一些人間種惡魔。」說著，帶著小孩的一家惡魔正嘰嘰喳喳地走進來。

跟在這家人後面進來的是他們的熟人，獵人保爾。他的落腮鬍被修剪得服貼了些，左顧右盼，不停拉衣領，顯然很不習慣正裝的束縛感。

如果不是丹尼主動打招呼，約翰他們一時認不出對方來。這是他們第一次看到露出臉、不穿黑袍的丹尼，他的金髮削得短短的，笑容十分溫暖，看起來還像個孩子，彷彿城市裡隨處可見的大學生。

大廳裡飄著舒緩的音樂，賓客們三三兩兩寒暄談笑，半天都沒見亞瑟出現。保爾仍保留著獵人的習慣，站在視角開闊的地方，跨立著監視滿室怪物。

「丹尼，我想吃那個藍莓曲奇。」保爾昂首挺胸地說。

「自己拿！」

「我得保持警惕。」

丹尼最終還是幫他拿了零食和樹莓汁，然後走到約翰他們身邊，「保爾永遠像個小孩！我和他搭檔了四十多年了，這傢伙光長個子不長心智。」

「四十多年？」約翰很驚訝。

「呃，一開始也不能叫搭檔。剛認識時他還是個小孩，等他的小手臂拿得動槍了，我們就變成搭檔。」

約翰回頭看了看已步入中年的保爾，再過二三十年，大概保爾就不能再當獵人了，然後再過些年，他就會離開丹尼。

幾十年對血族而言可並不算長。約翰不知道丹尼是怎麼想的，為什麼能保持平靜地對待保爾。接著，他又無可避免地想起伯頓和克麗絲托……為不破壞氣氛，約翰決定忽略這個話題。再想下去他就要想像出年老的克拉斯了。

宴會廳深處，雙旋樓梯中間降下一塊投影布幕。燈光緩緩變暗，門科瓦爾家的僕人用麥克風告訴大家：主人還在做準備，現在先播放一些主人想呈現給大家的有趣度假錄影，敬請欣賞。

麗薩非常好奇亞瑟的長相，立刻看向螢幕。

投影上出現一片漆黑的大海。吉毗島金色沙灘的夜晚，椰樹形狀的照明燈投射出暖色光芒，讓夜間的海浪不顯得那麼陰森。畫面範圍外有人嘀嘀咕咕，似乎在爭論放音樂的事，很快，錄影裡響起音質粗糙的說唱歌曲，像在攝影機旁用手機放的。

漆黑的海浪中漸漸出現一個小白點，它隨著海浪起伏，呈S形靠近沙灘。近一些後人們才看清，這竟然是個趴在衝浪板上的人！他游回沙灘，到淺水裡站起身來，抱著衝浪板邊揮手邊跑向攝影機。

身材健美的黑髮男人燦爛地笑著，半長的頭髮溼答答地貼在頸邊，白色緊身衣勾勒出他飽滿的肌肉線條，胸前還畫著一頭長角的雙足翼龍，這是門科瓦爾家族的家徽。

從在場僕人和下位血族的反應來看，顯然這位就是亞瑟先生。

他正在對著鏡頭展現二頭肌和胸肌，擺出好幾個陽光海灘先生的造型。賓客全都愣住了，連在不停吃東西的烏拉爾山熊人都停止了咀嚼。

約翰同情地看向麗薩。她眼睛睜得圓圓的，讓人擔心她的隱形眼鏡會不會掉下來。

亞瑟是黑月家的先祖之一，雖然不知道是多少代以前的。顯然，無論是麗薩還是其他客人，大家都把亞瑟想像得優雅如電影中的精靈王，誰都沒想到會看到這麼一個……無法形容的東西。

「他到底有什麼毛病……」漸漸地，賓客中議論聲四起。

身為血族還去熱帶海島度假，在夜裡衝浪，上岸後現在還躺在折疊椅上，旁邊撐著遮陽傘，戴著墨鏡端起一杯血液，用吸管喝……

一段錄影放完又接著另一段。這次是白天了，亞瑟沒穿衣服趴在按摩床上，下半身蓋了塊白毛巾，一邊享受當地按摩師的按摩，一邊向鏡頭描述感受，介紹所使用的精油味道……

約翰忍不住悄悄問克拉斯：「我聽說，有少量過於年長的血族會開始發瘋，你說他是不是……」

「是有這個說法，」克拉斯努力控制著表情，「因為過多的記憶會摧毀意志，有些血族會失去判斷力，有點像血族特有的老年失智……我沒見過真正的患者，不知道亞瑟先生算不算……」

主人亞瑟遲遲不現身，僕人們一段接著一段地放錄影，內容無非是亞瑟在畫沙畫、亞瑟在欣賞歌舞和煙火、亞瑟在和大象玩耍、亞瑟在花海裡打滾……

賓客們漸漸開始焦躁不安。就算錄影畫面再奇特，一直這麼持續下去也太無聊了。人們的注意力不再集中在投影畫面上，開始彼此交談。

有幾位血族女士主動和約翰搭話。約翰原本以為在這種場合克拉斯會比自己受歡迎，沒想到恰恰相反……克拉斯正在和一位法師聊模擬魔像，血族女士們對他並不感興趣。也許因為他是人類，不在她們的調情對象範圍內。

約翰知道這些女士都是領轄血族，她們說話的口音都和他不一樣。約翰完全不擅長這種對話，好在他做過點功課：當你不知道怎麼回應時，只要說「哦，是的」、「確實如此」、「十分感謝」等等，再配合不斷點頭微笑就可以了。

女士們看得出他是野生血族，並以他聽不懂某些話題時的窘態為樂。約翰用餘光瞥暫克拉斯，聽到克拉斯正談到「作為內核材料上的微雕工藝……」，總之，兩邊都是他聽不懂的話題。

兩位身穿維多利亞時代禮服的女士想試著把約翰引到露臺去。她們一個是血族，另一個是剛才入場時克拉斯看到的狼人。血族女孩一直碎念著城市裡的流行、新上映的電影，而狼人女孩則主動挽住約翰的手臂，動作優雅，力氣不可小覷。

突然，卡蘿琳滿臉不耐煩地靠了過來。即使身上沒有武器，常年做獵人讓她比一般人更擅長目露凶光，狼人女孩竟然不自覺地放開了手。

卡蘿琳把猶猶豫豫的約翰拉回光照明亮的大廳。「雖然知道你是約翰，但我還是看不下去了！」

約翰沒聽懂：「什麼？」

「我的幻覺！」她壓低聲音，「在我的眼睛裡，我看到兩個衣冠禽獸紈褲子弟，正把傻乎乎的女孩往漆黑的玫瑰露臺上帶！別這麼看著我，傻乎乎的女孩就是你！我有什麼辦法？我看到的就是這樣！」

「卡蘿琳，妳真是個騎士，」克拉斯的聲音從後面冒出來，「約翰總是受到狼人的歡迎，很奇怪。」

約翰回頭看著他，「你喝酒了？」

克拉斯舉舉手裡的香檳杯：「每個人都拿了酒。」

「你臉上的毛細血管在擴張，」約翰看著他，「心跳節奏也快了很多。你喝了什麼？

香檳而已？你……你平時一定不怎麼喝酒。」

卡蘿琳笑起來，「哈，他確實是。我還記得去年耶誕節，克拉斯喝了兩小杯櫻桃啤酒，突然開始背誦起雪萊的詩。」

「別說我了，我沒事，」克拉斯擺擺手，「你們不覺得奇怪嗎？這場酒會有點不倫不類的。」

沒有主人致辭，沒有舞曲，賓客們被聚集起來，面對無休止的、循環播放的錄影影片……負責播放影片的僕人們總在交頭接耳，比比劃劃，神色有點緊張。

過了一會，影片被關掉了。管家模樣的血族滿臉糾結地走到麥克風前，清了清嗓子。人們盯著他，他斷斷續續地說：「先生們女士們，很抱歉，我不得不告訴大家一個……有些難以置信的消息。原本亞瑟主人希望今晚會是讓人難忘的一夜，但現在看來……我們遇到了點麻煩。」

「一口氣把話說完不行嗎。」卡蘿琳碎念著。

管家艱難地說：「我們……到處都找不到亞瑟主人。亞瑟主人他……失蹤了。」

賓客們一片譁然。有的人當天還見過亞瑟，亞瑟最近從未離開小島。

管家安撫了大家幾句，安排馬車將客人一一送回住處。他要求丹尼和保爾留下，協會的四個人也主動留在了宴會廳裡。

安靜下來後，管家哭喪著臉走過來，想拉住麗薩的手，覺得不妥就又退開了點。「您一定是黑月家的麗茨貝絲小姐，我看過您的照片，剛才一眼就認出您了，您和亞瑟大人長得很像……」

麗薩咬著嘴唇，用「如果像他我寧可死」的眼神盯著管家，維持著僵硬的微笑。

管家說，就在客人們入場前五分鐘他還見過亞瑟。亞瑟在房間裡整理頭髮，梳理眉毛。等發現亞瑟不見了，僕人們在別墅、附近的娛樂設施一帶找了一圈，亞瑟消失得毫無徵兆。房間的窗戶開著，也許他跳窗離開了。可是人們想不出他這麼做的理由。

「一定和那個墮落者有關，」獵人保爾嚼著起司蛋糕，「我聽說，亞瑟先生知道墮落者也在附近，他一定是去找那傢伙了。」

丹尼抽了一張紙巾，幫保爾擦掉鬍子上的碎末，做得自然而然。約翰知道他們兩人的關係非同一般，而自從得知丹尼是看著保爾長大的，他總忍不住想像著丹尼幫不到十歲的小孩擦嘴。

「他怎麼知道墮落者在附近？」約翰問。

丹尼挑挑眉毛，「領轄血族的高位者總會有辦法。」管家也贊同他的回答，雖然管家的眼神更像在說「我不知道」。

「如果方便，我們能去亞瑟先生的房間看看嗎？」克拉斯從西裝內袋裡拿出協會徽章，約翰也照做了，「我們是無威脅群體庇護協會的工作人員。現在出現了預料外的情況，也許我們能幫上些忙。」

管家同意了。亞瑟住的房間就在這棟建築物的三樓，是非常寬敞的套房。梳妝檯前擺著的瓶瓶罐罐比女人用的還多，光是定形水和男用粉底就有不下六七種。

旁邊的窗戶開著，紗質窗簾輕輕飄動。這個高度對血族來說不算什麼，就算他跳下去跑掉也不足為奇。

「我知道個法術，可以再現一定時間範圍內發生的事。」克拉斯說。

麗薩抱臂站在一邊，「不行，那需要用顯影水晶，還有老羊皮紙和花精骨粉，我們沒有準備。」

「不，我說的是另一個，優點是準備起來方便，不要求什麼材料；缺點是，只有我一個人能看到，而且能看的時間很短。妳說的法術能看整整一小時內的事，這個卻只能看最多五分鐘。幸好，他們能確定亞瑟先生失蹤的時間。」

他補充說：「配合『真知者之眼』尤其好用，就算當時有人隱形我也能看到。」

門科瓦爾家的僕人們按照他的要求去找材料。材料確實很簡單，薄荷葉、洋蔥皮和事發地點的塵土……以及一瓶五百毫升以上的葡萄酒。他得邊混合材料邊對其念誦咒文，用古魔法文字規定好想要窺視的時間段，最後把成品全部喝下去，再靜靜閉上眼。

「克拉斯！等你喝完……你還能醒著嗎？」約翰不安地問。

克拉斯已經施法完畢，拿起瓶子，「我會努力。」

他站在僕人最後看見亞瑟的地方，一口口喝掉葡萄酒。酒裡添加了不少奇怪的材料，味道不太好。

視線漸漸模糊，法術效果和酒精一起產生作用。他看到亞瑟正在換衣服，對著鏡子擺姿勢，噴香水……視野外傳來僕人的聲音，大概這就是他們最後看到亞瑟的時刻。

亞瑟推開窗戶，轉過身，從黑暗的角落走出來一個人，他跨過地上的帽箱和鞋盒時絆了一下，面孔終於出現在月光下……

克拉斯的身體搖晃了一下，法術時間就要結束了。酒精帶來的熱度漸漸替代了清晰的視野。最後他看到，兩個血族同時撲向對方，並一起跌出窗戶。

「看到什麼了？」約翰把單人沙發推到克拉斯身後，引導他坐下。

克拉斯的皮膚發燙，從臉頰到耳垂和脖子都發紅，他本來就不擅長喝酒，能一口氣喝完五百毫升以上的葡萄酒已經很不可思議了。

克拉斯向後靠，四肢發軟，只動了動手指，「亞瑟……和……」

「什麼？」大家都湊近。

「打鬥……跳出去了。」

「和誰打鬥？」

「兩個亞瑟。裡面一個，這裡一個……」

大家沉默了一會，丹尼首先開口：「克拉斯先生，請問你的意識還清醒嗎？」

「都穿著白襯衣，兩個亞瑟。我看不出區別，不應該……」克拉斯說話不太流利了，幾個單字念得含含糊糊。

約翰蹲在他面前，先確定他醒著（雖然是瞇著眼的），然後把協會的徽章放在掌心。

「克拉斯，別睡。看看這裡，這是幾個徽章？」

「兩個……四個？不，六個……」

「它還自行繁殖了嗎！」丹尼一臉「受夠你們了」的表情，扯著身邊的保爾，推開門，「趁天還沒亮，我們先去搜尋一下。吉毗島不大，血族的速度很快就能找遍各個角落。」

管家點點頭，「我安排人手和你們一起行動。」

「需要我們幫忙嗎？」約翰問。

管家皺了皺眉，「不，亞瑟主人不喜歡給賓客帶來麻煩。您的同事願意施法提供線索，我們已經很感激了。」他瞟向克拉斯，眼神裡明明白白地寫著無奈和不信任。

離開前，他向麗薩交代：「您和您的朋友是貴賓，請隨意使用這裡的設施，抱歉，我們不能親自招待了。」

麗薩簡單向他致意。忙碌的血族僕人們紛紛離開，去島上各處尋找亞瑟。卡蘿琳嘮叨著「我的眼藥水到底怎麼辦……」，而克拉斯已經靠在沙發上睡著了。

「我覺得克拉斯是認真的。」麗薩說。

約翰想了想，「如果真的有兩個亞瑟跳出去了，另一個是誰？」

「被追獵的墮落者？」

「不，克拉斯有真知者之眼，」約翰說，「如果其中一個亞瑟是假的，克拉斯應該能夠分辨出來。他說過，法術配合真知者之眼甚至能看到隱形的敵人。」

麗薩聳聳肩，「早知道還不如讓我施法，至少我不會醉得這麼厲害。」

他們走回客房，起初克拉斯清醒了片刻，還能搖晃著走幾步，沒過多久就又癱倒了。

因為約翰橫抱著克拉斯，一路上卡蘿琳都在嘲笑他們。她說他們看上去就像「傳統怪物電影海報」——吸血鬼抱著穿禮服的長髮女人。

「只是性別不對，約翰要是男的就對了。」她說。

「我確實是男的，謝謝。」約翰留意著走廊牆壁，防止克拉斯的頭被撞到。

僅僅一個人類的體重對血族來說很輕，但克拉斯的身體還是太有存在感，因為酒精，他的皮膚很熱，簡直像直接接觸血液時的溫度。

回到房間，約翰把克拉斯放在床上。他不自在地走來走去，翻開桌上的雜誌，內容全是關於投資、財經的內容，他認得每個單字，卻看不懂整句話的意思，想打開電視又怕吵醒克拉斯。

幾分鐘之後，他突然意識到——克拉斯是人類，不能就這麼倒在床上睡。

他回憶起人類睡覺的步驟，小心地幫克拉斯脫掉鞋子，脫下西裝外套，解開領帶，並輕輕移動他的位置，托起他的頭放在枕頭上。

幫克拉斯取下襯衫袖箍時，約翰無意間瞄到他的手……手背上有個針孔。幾乎癒合了，但還是能看出來，像進行靜脈注射後的痕跡。

約翰知道克拉斯最近「在看牙醫」，可是印象中牙醫似乎不會幫病人打點滴……靜靜思考了一會，約翰解開克拉斯的袖釦，把袖子捲起來。克拉斯的手肘內側還有兩個針孔，舊的已經痊癒，新的還帶著發青的瘀血痕跡，上面貼著醫用膠布。針孔並不需要貼膠布，克拉斯應該是怕在共處中被約翰聞到血液氣味。

另一邊的手臂也一樣。雖然手背上沒有針孔，但手肘內側同樣有已經癒合的針孔。

約翰慢慢把他的袖子拉回原處，疑惑地看著克拉斯的睡臉。

克拉斯睡得很沉，呼吸緩慢，剛才被移動時也一點要醒來的意思都沒有。

為了求證，約翰伸出手，指尖觸到克拉斯襯衫的第一顆鈕釦。

約翰的手指在發抖，自己彷彿身處在一部低俗的豔情電影裡：同事二人從深夜酒會回到賓館房間，清醒的一方把醉酒的一方按在柔軟的圓形床上，開始脫他的衣服……最糟糕的是，自己這次是演主角。

儘管腦子裡不停有紅燈在警報，他還是解開了克拉斯的襯衫鈕子。

人類的胸口隨呼吸起伏著，因為醉酒，皮膚微微泛著粉色。布料被輕輕撥開，指尖劃過發熱的身體時，約翰感到心驚肉跳，緊張得像當初從電梯墜落時一樣。接下來，他愣住了。

克拉斯的胸前留著一個圓形的、大約杯底大小的印記，是燙上去的。印記中心有放射形的古魔法文字，大多數約翰都看不懂，只能看出其中三個詞的意思，「回應」、「時限」和「視線」。

不僅如此，他的肚臍上還有個紋身。圖案從左腰側開始，像一條微微彎曲的脊柱，每個骨節都由符文組成，最後形成細而尖的錐形，一直深入肚臍裡。墨色周圍還有些發紅，應該是新留下的。

即使不是什麼法術專家，約翰也知道這並非普通紋身。他摟起克拉斯的腰，掀起襯衫，把他翻了個身，完全忘記了這樣可能會弄醒他。黑色紋身一直延伸到後腰，以三角形印記結束。在它旁邊，也就是克拉斯的腰部中心，貼著一塊方形的ＯＫ繃。

克拉斯動了動，頭髮摩擦著枕頭，似乎就要醒了。在他迷迷糊糊地回過頭來前，約翰已經伸手揭開了ＯＫ繃。

下面同樣藏著小傷口，比普通的注射針孔要明顯一點。約翰自己從沒經歷過，但他在網路上見過類似的……這像是做過脊椎穿刺手術的痕跡。

「約翰？」克拉斯想坐起來。大概醉意還沒消，他只翻了個身，仍躺在床上。接著他發現襯衫被解開了，約翰正有點呆滯地看著自己。

「我只是去做體檢了……」

「我只是想幫你換身衣服！」

兩個人同時說，又同時停下。

克拉斯根本沒察覺約翰在緊張些什麼，他更擔心身上的痕跡被看到。他清醒了很多，正努力在腦中搜索解釋的方法。針孔倒好辦，他很清楚約翰沒去過現代的醫院看病，就算認識針孔，也不懂具體的治療手段，只要隨便編點檢查項目就可以。

麻煩的是魔法印記，圓形符文是即時監控靈魂波動用的，就像法術版本的全天動態心電圖；腰際的紋身是用來挖掘深層記憶，法術力量會漸漸滲透入身體，將被碾碎的記憶慢慢重建起來，並加以隔離。身體主人不會被其影響，但施法者可以提取它們，進行檢測和研究。

克拉斯決定顯得自然點，表現得太緊張反而可疑。他慢悠悠地爬起來，直接脫掉了襯衫，伸手到床邊的行李箱裡扯出一件寬鬆的衣服換上。

「我自己來換吧，」他對約翰說，「謝謝你。頭真的有點暈，我平時很少接觸酒。」

約翰變得有點結巴：「我……我就是想幫你換衣服而已。你身上的那些是……」

「這個嗎？是抽血留下的，你知道，有時候抽血得不只挨一針，當然這種情況很少。還有腰椎上那個，是為了檢查神經系統是否有問題，」克拉斯真假參半地說著，「過程有點可怕，不過別擔心，人類只是偶爾會做這種檢查，並不是經常做。」

「我在網上看過穿刺示意圖，」約翰說，「那屬於常規檢查？」

「也不是很常規，如果你不申請就不用做。我沒告訴你這些，還把針孔都貼起來了……因為我記得你說過，你不願意總是聽到什麼『傷口』啊、『出血』啊這類詞語。」

約翰點點頭，「是的，我確實是不願意聽這些……你真的是去做檢查了？你到底想檢查什麼？」

此刻，他開始想到以前看過的悲劇文藝片：主角歷經風浪後身患重病，拿到檢查結果後卻不告知家人和愛侶，也不肯住院，選擇獨自遠行，想平靜地度過最後時光什麼的……

「呃……」克拉斯及時找到了解釋，「記得我們幫助上中學的血族那次嗎？就在那次之後，我接觸到了一些傳染病人……我沒和你說，因為你是血族，我不說也沒關係，反正不會傳染給你。之後我偷偷去做了檢查，順便還查了一大堆別的項目，等確認沒事，我就放心了。」

「這麼說，已經確認沒事了？」約翰鬆了口氣。

「是的。除此外我還約了幾次牙醫，就這些了。」

約翰連坐姿都變得放鬆了。「那麼紋身呢？還有胸前的……」

親手為克拉斯脫襯衫的動作怎麼想都有些曖昧。圍繞腰部的黑色圖案，以及因為醉酒而發紅的頸側與前胸……約翰不由得把目光移低，盯著腳下的地毯。

克拉斯講述了身上符文的真實用途。這方面他得說實話，約翰也是協會的成員，他早晚有機會去親自查閱相關書籍——雖然他也許不會去，他歷來不擅長這些。

克拉斯的說法比較避重就輕，他弱化了監控與修復的部分，用有微妙區別的詞彙去形容，把它們說成是保險、保護作用的魔法。

「那你為什麼不告訴我呢？」約翰問。

克拉斯笑笑：「大多數施法者、驅魔師都不做這個。我有點謹小慎微，所以就去做了。因為過程有點痛，我不想總是提它，」他想著，實際上不只有點痛，是相當痛，「而且，我怕說出來後你會緊張兮兮的，看，就像現在這樣。」

幸好約翰是血族，不是變形怪。克拉斯感到無比安心。

「現在呢，還痛嗎？」約翰小心地問。

「不，一點感覺都沒有。只是當時痛一下下而已。」

約翰點點頭。疑惑得到了解答，而且克拉斯沒問「為什麼會把我翻過身，還脫我的襯衫」這種問題，他頓時感到全身輕鬆。

「我想去幫門科瓦爾家找找亞瑟，天亮時回來，你繼續休息吧。」他站起來鑽進衣帽間，邊換掉西裝邊說。克拉斯回應了幾聲。這個時間人類早該休息了。

套上T恤，約翰遲疑了一會，又說：「克拉斯，我沒有那麼愛大驚小怪，以前我是有點……現在好多了。你可以相信我。我是你的搭檔，又不是古板的媽媽，我不會阻止你去做想做的事。所以，你不需要顧及我會不會緊張……我的意思是，不管是去醫院看病還是古魔法的事情，你都可以告訴我的。甚至如果有需要，我還可以幫幫你……」

他邊說邊走出來。臥室裡只亮著一盞橘色的床頭燈，克拉斯倒在蓬鬆的枕頭上，已經重新睡著了。

約翰看了看室內空調的溫度——因為他光靠感覺判斷不出室溫是否適合人類，確認沒什麼問題後，他用血族特有的輕柔步伐走到窗前，熄滅了床頭燈。

「晚安，好好休息。」

他把手指貼上克拉斯的的脖子，皮膚溫度不那麼熱了，脈搏也很正常。忍不住讓手指多停留了一會後，他悄悄離開房間。

在門科瓦爾的其他血族眼裡，丹尼是個經驗尚淺的孩子，力量不算大，身形又纖細，應該好好坐在室內讀幾十年書，學點血族魔法。而獵人保爾則看起來有些粗魯，鬍子常常不怎麼整齊，常年武器傍身，一看就是喜歡使用暴力的類型。

殊不知，實際情況正好相反。保爾經常做整合資料、製作克敵武器的工作，他們遇到的怪物多半是被丹尼幹掉的。

保爾當然也是優秀的獵人。不過，用丹尼的話來說——人類的視力不夠好，瞄準時不精確；臂力也不夠大（正常人類當然沒有血族臂力大），選擇槍械時有一定局限；反應力也不夠快，很難對獵物出奇制勝。丹尼是血族，他比保爾更擅長戰鬥。

現在也一樣，丹尼在島上各處搜尋，隨時和保爾保持聯繫，保爾則在電腦上登入了吉毗島各處的監控系統，翻找事發時有用的錄影。

吉毗島的監視器有限，很多地方都沒被覆蓋。最有用的一個鏡頭出現在帆船碼頭不遠處，本來就不怎麼清晰的畫面中，兩個模糊的身影像子彈一樣疾衝向海邊。

「我們剛搜完三間倉庫，」丹尼戴著藍牙耳麥，「完全沒發現亞瑟主人來過的痕跡。你能看看帆船和碼頭那邊的監視器嗎？」

「碼頭的監視器壞了，沒辦法連線，」保爾說，「小遊艇上有，但那是遊艇自身的，從這裡連不到。」

「不能想點辦法嗎？比如透過你們人類的那些……駭客技術？衛星？」

「丹尼，你當我是什麼啊？我又不是哈洛·芬奇[5]。」

保爾抱怨完，又說：「真的不需要我也過去嗎？你們是亞瑟的晚輩，據我所知，萬一遇到什麼事時，你們不能對他採取行動，而我就可以代表獵人組織……」

「採取行動？」丹尼對其他血族打手勢，分散開繼續搜索，「你是指什麼？我們為什麼要……」

5 哈洛·芬奇（Harold Finch），美劇《疑犯追蹤》（Person of Interest）的主角之一。

保爾說：「協會的人說看到了兩個亞瑟，如果你們真的搜尋到兩個，你們能分出誰是真的嗎？」

「你相信那個人類？」丹尼指的是克拉斯，「他的酒量還不如你十歲的時候！看他都醉成什麼樣了，這你也信嗎？」

「萬一是真的呢？要是真的面對長得和亞瑟一樣的人，身為血族晚輩，你沒辦法對他做什麼。」

丹尼不肯承認疑慮，「另一個血族肯定是墮落者，之前亞瑟主人就感應到過，墮落者就在吉毗島附近。」

「丹尼，你見過那個墮落者嗎？」

「沒有，他被下令獵殺是中世紀的事了，我從沒遇過他。」

他剛想再說點什麼，一名女僕面色扭曲地跑過來，張著嘴巴不說話，比比劃劃的。

「怎麼了？」丹尼問。

她看起來快哭了，「有人發現了亞瑟主人……」

在淺海處，兩個男人像爭鬥的雄獅般廝殺著，海水正被慢慢染黑——他們的血是純黑色的，且失血速度比人類慢得多。他們的衣服都已被撕爛，渾身傷痕累累，猶如監中困獸。察覺到被包圍，他們停下了戰鬥，仍彼此瞪視著。

門科瓦爾家的子嗣們包圍了海濱浴場，大多數人都攜帶了火焰噴射器，血族很清楚如何對付自己的同類。

看著淺海裡的兩個男人，所有人都愣住了，丹尼的表情可謂驚恐。耳機中，保爾表示要趕過來，丹尼幾乎沒聽見。因為眼前的畫面實在是太震撼了。他們面對的確實是兩個長得一模一樣的男人——兩人都是亞瑟的長相！

不僅是面部，他們的髮色一致，髮型都是亂糟糟的半長髮，身高體格也相差無幾。

這時丹尼才不得不承認克拉斯說的是真的。兩個半裸的亞瑟正轉過身，環視所有血族。

「主人，請原諒我們對您的不敬，」管家同時看著他們兩人，「我們不能放下手裡的武器，您面前的怪物……看起來和您一樣。」

兩個亞瑟都晃了晃，傷勢讓他們站得不太穩。管家等著丹尼做點什麼，丹尼也不停示意讓管家動手。他們想押送「兩個亞瑟」回別墅，可誰都不敢走過去，因為這麼做有違領轄血族的禮儀。

「需要幫忙嗎？」一個聲音在沙灘遠處響起。

約翰別著徽章，亮出證件，向血族們走來。他一直非常喜歡「對人亮出證件」這個動作，感覺像電視劇裡的探員一樣。

「我來自無威脅群體庇護協會，」他走過丹尼身邊，靠近兩個亞瑟，「在沒分清哪位是亞瑟先生前，請兩位都配合一下。」

說這句話時，其實他心裡很沒底，他見過伯頓的力量，猜測亞瑟也不會差。

幸好，兩個亞瑟都在防備彼此，像盯著獵物的野獸般警戒著對方，防止對方有逃走的舉動，這讓約翰的行動變得順利得多。他戴上絕緣手套，拿出刻著魔法文字的銀質手銬，照著小紙條念出咒文。咒文是克拉斯教過他的，能驅動五對以下的手銬，讓它們同時銬住不同目標。這個咒語就是為防止在逮捕多名目標時顧此失彼。

丹尼看向約翰，眼神簡直像在看天空中飛過的藍盒子[6]。顯然他沒想到，一個野生血族不僅有膽量銬起高位貴族，甚至還能施法。約翰暗暗得意，當初克拉斯教他讀咒語文字時，兩人可都費了不少功夫。

門科瓦爾家很不想讓賓客看到「兩個亞瑟」。無奈的是，賓客中的大多數生物根本不需要睡覺，整夜無所事事的他們敏感地發現了血族們的行動，並第一時間呼朋引伴跑來圍觀。

兩個亞瑟被分別關在不同的房間。普通的房間根本關不住吸血鬼，幸好有這些精力充沛的賓客，他們之中有不少驅魔師、古魔法研究者，以及惡魔，大家像祝福幼崽公主的十二個仙女一樣，紛紛在臨時牢房上加持不同魔法，保證假的亞瑟不會逃跑。

一個亞瑟說：「沒關係，親愛的朋友們，我不介意你們這樣做，這是謹慎的表現。」

另一個也表示：「我一點都不擔心，因為我是亞瑟本人，我能夠證明，我的肉體就是證據之一。」

兩個亞瑟雖然髮型一樣、長相相同，但身體還是有區別的。

比如皮膚上的痣、肌肉線條的微妙角度等等。可是，誰都沒見過亞瑟全裸……僅憑

6……空中飛過的藍盒子這真是一言難盡，還用解釋嗎……？（喂這算什麼注釋）（編注：哽源來自某英國長壽科幻電視劇。）

這些還是沒辦法分辨。

門科瓦爾家的人害怕冒犯真的亞瑟，誰都不敢擔任審問者的角色。最後他們決定讓約翰和保爾負責與亞瑟們談話，門科瓦爾家的人則只旁聽和判斷。談話分別進行，為了讓假的那個不便於模仿。

兩個亞瑟的氣質也幾乎一樣。他們的傷勢已經癒合，都毫不猶豫地撕掉成了破布條的衣服，坦然地展示自己的身體，聲明自己才是真的。

「我可以給你一個名單，」其中一個亞瑟說，「上面有我的炮友和情婦。比如有個叫傑夫的，他是深淵種惡魔，我有他的電話。還有索菲婭夫人，她是阿繆茨家族的，你們把他倆找來，他們能證明我是真的亞瑟。」

「為什麼他們能證明？」約翰問。

年長的血族曖昧一笑：「索菲婭熟悉我的尺寸和觸感，傑夫和我知道彼此前列腺的正確位置……」

約翰藏在桌子下的手指差點抽筋。他盡全力維持住嚴肅表情……旁邊還有門科瓦爾家的晚輩呢！為什麼亞瑟（先不管他是不是真的）能說得這麼坦然？

另一個亞瑟也好不了多少，他甚至建議來一次衝浪比賽，或者沙灘排球，因為他自稱擅長運動，而假的那個不擅長。

走出牢房，約翰拍拍丹尼的肩，「也許再多問些話就會有人露出破綻了。」

丹尼問：「你的同伴呢？德維爾．克拉斯，他不是有真知者之眼嗎？」

「是的，等克拉斯睡醒吧。」

「還等他睡醒？」丹尼斜眼看著他，「很快就要天亮了，快去把他帶來！」

「不，他喝醉了，而且剛睡沒多久，現在根本……」

「比起人類幾小時的睡眠，亞瑟主人更重要！他是門科瓦爾尊貴的上位長輩！」

「可我不是門科瓦爾家的子嗣。」約翰聳聳肩。

丹尼半天沒說出話。面對野生血族時，領轄血族常自感優越，但他們確實無法命令差遣這些野生的同伴。

這時，有人輕敲大廳的雙開木門，克拉斯已經站在那裡了。

「我來了，」他看起來無精打采，頭髮比平時亂得多，上半身穿著T恤，下半身卻還穿著酒會上的西裝褲，「客房那邊熱鬧得要命，大家都想觀摩『兩個亞瑟』，在外面排隊呢。」

克拉斯清楚地記得，他透過法術所看到的確實也是兩個亞瑟，而不是一個亞瑟和一個變形怪之類。他掐著眉心，分別走到兩個房間前，血族為他打開門，讓他看清魔法束縛中的亞瑟們……

他分別盯著兩個亞瑟很久，困惑地搔頭。

「怎麼了?你不舒服?」約翰跟在他身邊。

「不，我很舒服，只是有點頭疼，」克拉斯搖搖頭，「我……看不出偽裝。」

「看不出?」他們把門關上，回到大廳裡，約翰倒了一杯水給克拉斯。

克拉斯接過杯子，低頭看著手，又抬起頭看著滿廳的血族僕人。最後他反覆用力眨眼幾次，看向約翰。

約翰當然還是原本的樣子，但臉色更趨近於正常人類，而不是以前看到的那種帶有隱隱灰白色的膚色。丹尼、管家先生，以及在場的每一個血族都是……

他放下水杯站起來，幾乎不敢相信發生在自己身上的事。真知者之眼的能力消失了。

——《無威脅群體庇護協會02》完

高寶書版集團
gobooks.com.tw

BL056
無威脅群體庇護協會02

作　　者　matthia
繪　　者　hinayuri
編　　輯　林雨欣
校　　對　薛怡冠
美術編輯　林鈞儀
排　　版　彭立瑋

發 行 人　朱凱蕾
出　　版　三日月書版股份有限公司
Printed in Taiwan
地　　址　臺北市內湖區洲子街88號3樓
網　　址　www.gobooks.com.tw
電　　話　(02) 27992788
電　　郵　readers@gobooks.com.tw（讀者服務部）
pr@gobooks.com.tw（公關諮詢部）
傳　　真　出版部　(02) 27990909　行銷部 (02) 27993088
郵政劃撥　50404557
戶　　名　三日月書版股份有限公司
發　　行　英屬維京群島商高寶國際有限公司台灣分公司
Global Group Holdings, Ltd.
初版日期　2021年 6 月

國家圖書館出版品預行編目(CIP)資料

無威脅群體庇護協會/ matthia著.-- 初版. -- 臺北市：三日月書版股份有限公司出版：英屬維京群島高寶國際有限公司臺灣分公司發行, 2021.06-
面；　公分. --

ISBN 978-986-06233-5-2(第2冊：平裝)

857.7　　110004357

三日月書版

GOBOOKS & SITAK GROUP©